グレコの憂鬱《ゆううつ》

ツボイリエ

風詠社

目次

装幀　2DAY

グレコの憂鬱《ゆううつ》

中学一年

始まりは憂鬱度マックス

はぁー…。

朝から六度目のため息。

一四五センチ、三六キロのボクの、小柄な体には大き過ぎる鞄を肩から斜め掛けにして、中学校への上り坂を俯き気味に歩く。

上り坂を登り切ったところからいきなり視界が開け、道の両側に植えられた桜の木が、中学校の正門まで約一キロメートルも続く。その一本道の見事な桜並木の足元には、よく手入れされたユキヤナギが植えられているので、入学を迎えるこの季節は特に、桜のピンクとユキヤナギの白が水彩画のように美しい。

地元では桜の季節になるとカメラ片手のファミリーやカップルが訪れる、素敵な場所だ。

一部の桜ツウは『満開の時期より、散り際の桜吹雪が一番美しい』と言うが、今、まさにここの桜は一年で一番美しい時で、ボクの髪や肩には桜の花びらがいくつも舞い落ちている。

そんな四季折々の侘び寂びがわかるお年頃ではないボクは、ただひたすら心を塞ぐ憂鬱と闘いながら、幾人もの生徒に踏まれてしまった歩道の花びらを見つめ、ノロノロと機械的に足を動かし、七度目のため息をつく。

ボクの入学した市立中学校は、勉強もスポーツも生徒数も、すべてが市内の中学校で真ん中あたりをウロチョロ。

際立って秀でた生徒もいなければ、目立つほど荒れた生徒もいない。生徒の多くは近隣の三つの小学校から集まり、小学校からの、ともすれば幼稚園や産院も一緒という生徒もいる。入学して知らない顔があっても、たいていは同じ市内の小学校出身者なので家も近く、すぐに仲良くなってしまうという、温水プールのようにぬるくて平和な公立中学校なんだ。

「よっ！　おはよ！」後ろから、ポンと肩を叩かれた。

顔を見なくてもわかる。その甲高い声の主は小学校からの友達の田中篤志、あっちゃんだ。身長はボクと同じくらいだが、体重はボクより二〇キロ近く多い。いわゆるポッチャリさん。

あっちゃんの家族は、両親も五つ上の姉ちゃんも、飼い犬までも、全員がポッチャリさんだ。

彼の家に遊びに行くとわかるけど、エンゲル係数が平均的な家庭より、倍は高いと思う。

チョコやクリーム系のお菓子とポテトチップやおせんべいの袋菓子で、甘辛無限のループを作り、満足そうに頬張りながらコミックを読む。途中でおばさんか姉ちゃんが持ってきてくれるのは必ずと言っていいほど炭酸飲料二リットル入りペットボトルだ。しかもコップがやけに大きい。

あっちゃんはそれをコップ三分の二ほど一気に飲み、盛大にゲップをしてまた並々とコップにつぎ足す。そしてまた無限のループに戻る。

その一連の動作を、コミックから目を離さず、まるでマジシャンが手の中から次々と花を出すみたいに慣れた手つきで華麗に行うのだ。

時々あまりの華麗さに見惚れていると「なに?」と、コアラのマーチを三個口に放り込んだあっちゃんに気づかれて、不思議そうに見つめられる。「い、いや、何でもないよ」アタフタと炭酸飲料をガブっと飲んで思いっきりむせてしまう。ボクは炭酸飲料に弱いんだ。うちではお茶か牛乳。だけど牛乳も少し苦手なので、ミロを入れて飲んだりシリアルにかけて朝食で食べたりしている。

小学生の頃に何度かあっちゃんちで夕食をごちそうになったことがあるが、煮物はもちろんのこと、ハンバーグや唐揚げまで大皿にドーンと盛られていて、各々が好きな料理を好きなだけ食べるというシステムに、世の中にはいろんな方法があり、自分の知っている世界のなんと小さいことかと軽くカルチャーショックを受けたものだ。小学校低学年だった当時のボクの目には、常に食卓に乗っている一キロサイズのマヨネーズも衝撃的に映ったものだ。

あっちゃんを含めた家族全員が（もちろん犬までも！）見た目通りに温かくおおらかな家族なので、ボクはこの家の人たちが大好きだ。

「入学早々、そんな暗い顔してどうしたんだよ。朝メシ食ったのか？」

ニコニコとボクの顔を覗き込む。いや、ホントは心配顔なんだけど、いつも笑っているような三日月の目がニコニコ顔に見えるんだ。

ボクの顔は反対に、いつも困ったような八の字眉で、機嫌が良くても「心配事？」と言われるくらいのこまり顔だ。

あっちゃんの前歯には海苔がぺったり貼りついている。

「あっちゃん、朝ご飯に海苔食べたでしょ」

「いや、四枚切りの食パン三枚と目玉焼き。あ、物足りなくて姉ちゃんの弁当用のおにぎり食べたのが見つかって姉ちゃんにマジのパンチ食らったけど」そう言って、ニッと笑った前歯が歯抜けみたいに見えたので、ぷっと吹いて海苔がついていることを教えてやった。

「あっちゃんは何部になったの？」

「オレは第一希望の歴史部。グレコもでしょ？」

「ボクは…第三希望の水泳部。今日から泳ぐんだって」

「ひぇーーー！」

あっちゃんは大げさにのけぞり、ボクは八度目のため息をついた。

市立山桃第三中学校。ボクがこの四月から通っている中学校だ。最も、まだ一週間だけど。

市内近隣の公立中学校は第一中学校から第五中学校まであり、ボクの通う中学校は、校名までもが平均的な三番目。

勉学にもスポーツにも、さほど力を入れているわけではないが、よほどの事情がない限り生徒は全員、何かしらの部活に所属しなければならない。と、入学式後のオリエンテーションで説明された。

げっ、なんてメンドーな…。

「えー、塾があるから無理だよぉ」

「弓道部に入りたいな…えっ、ないの？」

「サッカー部がいい。絶対サッカー部！」

「いやだよー、かったるい」

案の定、体育館は新入生たちの私語で充満した。

「はいはい、静かに！」横に立っている男の先生がパンパンと手を打ち鳴らし、「まだ説明終わってないぞー」と言った。

ざわついていた生徒たちは途端に静かになる。みんなぁ、なんて従順なんだよぉ。

この後、教室で配る用紙に第一希望から第三希望までの部活名を記入して、明日中に提出するように。

但し、三つの部活は文化系、体育系に偏らないこと。

未提出の者は、希望人数の少ない部に振り分け入部させることになるので必ず提出すること。

今週末にはどの部に入部することになるのか通知するので、あとは各々が各部に行き指示に従いなさい、ということだった。

用紙を配られて、第一希望はためらうことなく『歴史部』と書いた。たぶん、某公共放送の大河ドラマが好きなあっちゃんも、歴史部にするだろう。

ボクは一組、あっちゃんは隣の二組になった。

クラスが離れて残念だけど、部活が同じならきっと楽しい三年間になるだろう。

第二希望は少し迷ったが『園芸部』。

恥ずかしいので誰にも言ったことはないけど、花を植えたり育てたりすることは嫌いじゃないんだ。

ただ、学校の園芸部というと家庭のそれとは規模が違うだろうから、重い肥料や土を持ったり、スコップで花壇を作ったりするのかなぁと、体力に自信のないボクには少し不安ではあるが。

第三希望。これが問題だよ。

先生の説明によると、文化系と体育系は偏ってはいけないとのこと。じゃ、最後の一つは体育系にしないといけないってことか。

ボクは小柄なうえ、内気だ。人見知りするし優柔不断だし、そのうえスポーツが苦手だ。だからといって勉強ができるわけではないが。

とにかく球技は言うに及ばず、走るのも遅いし闘争心もない。趣味といえば散歩をすることと時代小説を読むことという、おじいちゃんみたいな日々を過ごしている。

サッカーやバスケット、バレーボールや野球、どれも絶対無理！

ボールを踏んで転ぶか、顔で受けるか、とにかくまともにできるわけがない。ルールもイマイチわかんないし。

陸上部も、これからの炎天下、汗だくになって走ったり跳んだりなんて、考えただけでも貧血起こして倒れそうだ。

柔道部なんてなー…ボクなんかきっとグリズリーみたいな先輩に、地の果てまで投げ飛ばされるんだろうなー…。

どうしよう…どうしよう…。

「小暮君、決まった？」

隣の席のやけに背の高い男子が、鉛筆でボクの机の端をトントンと叩いてきた。

座っていてもみんなより頭一つ大きい。たぶん一八〇近くあるんじゃないか？　座高も高そうだけど。

彼は隣の校区の小学校から入学した、確か名前は……そう、大浦透君。

声変わりも完璧に終わってるようだし（ボクとあっちゃんは、その兆候すらまだだけど）。背も高い大浦君はおっさん顔だし、黙っていると高校生か大学生に見えるだろう。

「何部に入るか決めた？　小暮君」

大浦君は、極度の緊張と人見知りで固まり答えられないボクに苛立つこともなく、ニコニコと同じ質問をしてくれる。

「あ、はい、第三希望がまだ決められなくて…」思わず、教師に突然話しかけられたできの悪い生徒のように答えてしまった。

「僕は第一は決まっているんだけど、第二、第三が思いつかなくて」

「第一は何ですか？」…敬語使ってるし。

「水泳！　もう、絶対水泳部しか考えていないんだ。兄貴も中学から水泳してて、今は大学生だけど、ここの水泳部だったんだ。僕も水泳部に入部したいってずっと思ってて…バタフライ、格好いいよなぁ、一人で四種目、泳げるようになりたいよなぁ」

「はぁ、そうなんですか」

バタフライってどんなだっけ？　ちょうちょ？　あと三種目あるの？　平泳ぎとクロール

と…何？　横泳ぎだっけ？

ボクの水泳（まぁ、スポーツ全般だけど）に関する知識なんて、皆無に等しい。

？マークだらけの頭の中を混乱させて、八の字の眉根をさらに寄せて考えていると、「そうだ！　第三希望、水泳部にしなよ、小暮君！」

……はぁ？

と、いうことで（どういうことだかボクにもわかんないけど）ボクの第三希望は水泳部に、大浦君の第二、第三希望はボクと同じ歴史部と園芸部に決めて提出した。

帰り道、一緒に帰ることになったあっちゃんと大浦君とボクはそれぞれの部活の話で盛り上がり、一気に親友モードになった。もちろん、その頃にはボクの敬語もなくなってたし。

大浦君は体型通り気さくで物怖じせず、だから小学校から友人のあっちゃんとボクの仲にもすんなり入ってこれたんだ、きっと。人見知りのボクには絶対真似できないことだな。

「小暮君ってホントに白くて小さくて、女の子みたいにかわいいなぁ」

「だろ？　で、引っ込み思案で人見知りで、どこのお嬢様だよって感じでしょ？　だからグレコって呼ばれてるの。小暮をもじって、女の子みたいだから『子』をつけて、グレ子、グレコ……ね？」

「なるほど！　うん、ピッタリだ！」

「ピッタリじゃないし！」ボクはちょっと拗ねたように強がって言ったけど、内心、この呼ばれ方は気に入ってるんだ。かわいいんだもん。

親は『質実剛健』『強い男になれ』との願いを込めて名付けたんだろうけど、下の名前の『剛』で呼ばれたりしたら「すみません、ボクなんです」と謝りたくなる。

「僕は『とおる』っていうんだ。大浦透。でもみんな、トーテムって呼んでる」「ピッタリー！」ボクとあっちゃんはきれいにハモった。

大浦君は素直だからボクみたいに拗ねたりせず、ニコニコと笑っている。大浦君もこのあだ名、気に入ってるんだろうな。

透だからトーテムなのか、背が高いからトーテムポールのトーテムなのか、どっちにしても気が利いてるじゃん。

「オレだけあだ名がないのかぁ、つまんねぇの」あっちゃんは不満げに口をとがらせる。

「いいじゃん、あっちゃんはあっちゃんがピッタリだよ」トーテムに言われて「そうかぁ？」と、三日月みたいなニコニコ目を新月みたいに細めて笑った。

「やっぱ、あっちゃんも第一希望は歴史部にしたんだね？」

「うん。全部活の中で歴史部と手芸部だけが週一の活動なんだよね。でも、手芸部って課題が多いんだって」

「っていうより、手芸部って百パー女子でしょ」

「水泳部は週三の活動なんだって。でも僕は毎日でもいいんだけどなぁ」

「トーテムはホントに泳ぐのが好きなんだね」

「考えたら水泳部ってラクかもね。夏場だけの部活でしょ？　だったら冬場は一緒に帰れるね」とボク。

「グレコだって第三希望になったら僕と同じ水泳部じゃない」

ボクらは校門を出る頃には産院から一緒の仲のように、お互いをトーテム、あっちゃん、グレコと呼び合っていた。

そのことがとても嬉しかった。

楽しい中学校生活が送れそうな予感に満ち溢れていた。

「人気の野球とかサッカー部は希望者が多すぎて、第二、第三に振り分けられたりするんだって」

「水泳部は希望者が少ないから、第一希望にした人はほぼ全員入部できるらしいよ」

「ほんと？　やったー、僕、水泳部にほぼ決定だな！」

「歴史部も希望者は少ないでしょ？　ボクとあっちゃんは歴史部で決まりじゃない？」

満開の桜の下を、ボクら三人はすっかり希望通りの部に入部して、これから送れるであろう新しい中学校生活に胸を膨らませて坂道を下った。


……ハズなのに…。

あの希望に満ちた同じ坂道を、今は、後ろから死神に鎌でつつかれ急かされているような気分で登っている。

『週一だけの部活動』この大きな落とし穴に気づかなかったボクはなんて浅はかだったんだ。部活動なんてやる気がない、もしくは塾や習い事を優先させたい、そんな生徒は部活の内容に重きを置かず、『週一だけの部活動に付き合ってやるよ』と入部するじゃない。

そしてそんな生徒は予想以上に多く、週一だけの歴史部や手芸部、園芸部に希望者が殺到し、第二、第三希望に振り分けられることになった。

わずか半日でボクのバラ色に膨らんだ中学校生活はシオシオにしぼんで、四月の青空に舞い上がる気力もない。

今日から泳ぐと聞かされたあっちゃんは、ボクに気を遣って、黙ったままチラチラとこっちの様子を気にしている。

そのことがボクの憂鬱に拍車をかける。

楽しい気持ちなんてカケラもない。

ああ、いっそこのまま帰りたい。

おなかが痛くならないだろうか。

貧血が起きないだろうか。

急にお父さんの転勤が決まって引っ越し…なんて、ないよね。ボクんち、自宅で設計事務所してるんだもん。

あぁ、校門が目の前だ。

まるで地獄の門だ。

「おはようグレコ、あっちゃん。今日から部活だね！」

ボクは耳に入らない。いや、入っているんだけど心が反応しない。

「うーーー」ため息を押し殺すと、唸り声になってしまう。

「あ、あっちゃん、僕、水泳部になったよ！　グレコも一緒だよね、昨日一緒に部室に行った…し…」

「しーーー！」あっちゃんは必死で合図を送る。

「僕、プールとか見学させてもらったんだけど、グレコ、いつの間にか先に帰っちゃって…」

「だ、か、ら、しーーーっ！」

あっちゃんのニコニコ目ではトーテムに伝わらないようだ。

「夏になってから泳ぐんじゃないの？　水泳って普通、そーゆうモンでしょ？　まだ四月半ばだよ？　今日からって…今日から泳ぐって…凍死するよ！」ボクは半べそで捲し立てた。

別にトーテムに騙されたわけでも、あっちゃんに裏切られたわけでもないんだけど、自分のくじ運のなさを思うと、これからの学校生活を思うと、本当に鼻の奥がツーンとして涙が流れた。

「あらら、泣かなくても…今日はまだプール掃除だって先輩が言ってたじゃない。泳ぎ始めは週明けからだよ」

慰めてくれるけど、ピントがずれてる。

トーテムっていいヤツだけど、少し天然かも。

教室に入るまでにあっちゃんから事の成り行きを聞いたトーテムは、なるほどそれは泣くほどショックだろうと、一日中ボクのことを気に掛けて、オロオロと世話を焼いてくれた。

休み時間には次の時間割の準備をしてくれたし、給食の時はお盆をセットしてくれた。トイレにまで付き合ってくれた。

傍目から見れば、ため息ばかりついているこまり顔でチビのボクに、三〇センチ以上も大きなトーテムがあれこれ気を遣っている図は、滑稽に映るのだろう。クラスのみんなも、時々チラチラとこちらを気にしていた。

けれどボクはフヌケのようにトーテムにされるがままで、ため息ばかりついていたんだ。

あっちゃんは、わざわざ隣のクラスから休み時間のたびに来て笑わせてくれようとしてくれたけど、ボクの八の字眉がパッと開くこともなく、今は…気持ちだけ貰っておくよ。

放課後、「アルマゲドン」で宇宙船に乗り込むブルース・ウィリスを見送るかのようにあっちゃんはボクに握手までして「がんばってこいよ」と、送り出してくれたけど、ボクはブルース・ウィリスのようにカッコよく手を振ることもできず、苦悩を浮かべ過ぎて戻らなくなってしまった顔で「じゃ」とだけ応え、トーテムと水泳部に向かった。

ボクの水泳人生が始まってしまった。


トーテムが言ったように、今日はプール掃除だけだ。

入学式の後、先生がすでにプールの水を抜いていて、今はプールの底に苔の生えた水たまりと、落ち葉などのゴミがあるだけだ。

ボクはボクの一二年の人生で、初めて水のない『プールの底』というものを見た。水が張ってある時のプールより、広く、深く感じる。

ボクはまだ水着になる気がしないので、半そで短パンの体操服、トーテムを含め他の男子部員は、上は半そでの体操服だが下は水着を着けている。上下体操服なのは、ボクと女子部員だけだった。

ちなみにボクら一年生部員は当然、まだスクール水着だ。先輩たちは、そろいのブルーに白いラインが入った競泳用水着を着けている。男子の水着は太ももまで結構ピタピタで、僕もあれを着るのかと思うと憂鬱度一二〇パーセントまで上がる。

「男子はデッキブラシでプール底とプールサイドを磨いていけー。一年女子は先輩と一緒に倉庫へ行って、用具の点検。夕方までに済ませるぞー。はい、かかれー！」やけに張り切っている先生は、入学式後のオリエンテーションで注意していた男の先生だ。水泳部顧問の下村先生という。四〇前後かな？　体育の教師ということで、浅黒く引き締まった体型をしている。上はランニングシャツ、下は競泳用の水着なんだけど、何か変…うーんなんだろう。バランス？

「じゃ、女子はこっちに来て」ショートカットで目のやたらでっかい女子の先輩が、グイっとボクの手を掴み、他の女子を誘導し始めた。

「あ、いや…あの…」

ボクは後ろ向きに手を引っ張られるカタチであたふたしていると「早くして！　夕方までに終わらせるんだから」と、ずんずん倉庫に向かって進んで行く。

ま、いいや。どうせ男子とわかればプールに戻されるんだし。

歩きながらも先輩は、水泳部での注意事項を説明してくれる。

「部活日は知っていると思うけど月・水・金の週三回。みんなの水着は六月には注文するから、それまではスクール水着で来てください。注文は強制ではないけど、これから試合とかあるからスクール水着じゃ格好悪いかもね。まとめて注文すれば安くなるし」

ふーん、試合とかもあるんだ。なんか本格的でイヤだなぁ。

「水泳部のプールの使用は四月下旬から十月の第一週まで。と言っても四月と十月はプール掃除に充てられるから、泳げるのは五月から九月末までかな。後の期間は陸トレ…陸上トレーニングになります」

え？　えええ？　今から泳ぐのも信じられないのに九月末まで泳ぐの？　秋じゃん。凍死するよぉ。

で、冬場も部活あるの？　水泳部って、泳げる時期だけの季節モンじゃないの？

えーーー！

ボクはまた半泣き顔で、ずるずると引きずられていく。

「それと…」先輩は急に声を潜めて「生理日なんだけど…」

え、なに？

「基本的にプールには入らなくていいんだけど、部活には出て、マネージャー的なことをしてください。それもツライっていう日には、女子の部長に言いに行ってください」

なに？　なに？　ボク、関係ないんですけど。

「何か質問は？　じゃ、ここが倉庫です。いつもは鍵が掛かっているので、用事がある時は下チン…下村先生に借りてください」

ようやくボクを解放してくれたその手で、ガラガラっと建て付けの悪い大きな引き戸を開けると、薄暗い倉庫の中には体育祭の時にしか出番がないであろう紅白の大玉や綱引きの大綱などと、折り畳まれたテントや長机、跳び箱やハードルに交じって『水泳』とマジックで大書きされた段ボールの箱が一〇個ほど。中にはビート板など、様々な用具がきっちりと収納されている。

「じゃ、あなたたち四人は二人一組でそっちに置いてあるコースロープを出して点検してください。タマとタマの間が緩んでないか、ロープは切れてないか、などです。異常なければプールサイドに運んでください」

はい、と女子たちはコースロープを取りに倉庫へ入って行った。

「で」先輩はくるりとボクに向かって「あなたは私と一緒に段ボールの中のビート板やその他こまごました物を点検して、同じくプールサイドに運んでください」

先輩はさっさと倉庫へ入っていく。

他の一年女子たちは、黙々とコースロープを出している。

「何してるのよ、早く来なさいよ」先輩が箱に手をかけて中から呼んでいる。

「は、はい！」

どうしよう、男子ってわかってないのかな？

あ、もしかして、力仕事なので一人くらい男子に入ってて欲しいとか？

でもボク、力仕事、苦手なんだけど…。

「この箱、そっち持って…せーの」段ボール箱を二人で次々と外に出して、中身を点検していく。

主にビート板が入っているのだが、そのほかにはプールサイドに置く赤い針の大きな時計のような物もある。泳ぎながら自分でタイムを計ったり、レースタイムを計ったりするタイマーだそうだ。泳ぎながら見られるように、大きい盤で赤い針になっているらしい。

他に、コースロープのタマを一つだけ括り付けたような浮きや、手にはめる河童の手みたいな物や、足を結わえるゴムチューブなど、泳ぐために使うのか？　っていう物を、先輩は点検しながら一つ一つ教えてくれた。

「あなた、泳げるの？」

「あ、いいえ、全然…」

先輩は、チラッとボクを見て、クスっと笑った。笑うとさっきまでのりりしさが無くなり、代りに片方だけエクボができてかわいくなる。

ビート板をチェックしながらボクを見て「あなたも第三希望のクチ？」

「はい…すみません」

「謝らなくてもいいわよ、私もなんだから」

「え、先輩も？」

「そう。私は第一希望が吹奏楽部で第二がバスケ。両方とも文科系、体育系のベスト三に人気のある部だから希望者が殺到して、第三の水泳部になっちゃった。私もほとんど泳げなかったよ、今でもバタフライは超苦手。練習の時は口実つけて逃げてるの」そう言っていたずらっ子のように「今のはヒミツね」と、ふふっと笑った。

「水泳部ってみんなすごくいいヤツばっかりで、楽しいよ。これからよろしくね」

ボクは少し、気が楽になった。

「ボク…」

「私、二年の郡司《こおりつかさ》っていうの。でも、みんなにはグンジって呼ばれてる。あなたは？」

グンジ先輩は少し顔を上げて、またクスっと笑った。

「ボクは小暮っていいます。ひっくり返してグレコって呼ばれてます」

「グレコちゃんか、せっかくの白い肌、焼かないようにしなくちゃね。下の名前は？」

「剛といいます」

グンジ先輩はポカンとボクの顔を見て、たっぷり一〇秒は静止した。

聞こえなかったのかと思い、もう一度「質実剛健の剛です」と言った途端、「聞こえてるわよっ！」と怒鳴られた。

大きな目を、さらに二倍くらい見開いて「ツ、ツヨシィー？」と、空気が薄くなったみたいにパクパクしている。

「男子なの？」

「そ、そうですけど…」

ボクはもう、噛みつかれそうな顔が恐ろしくて、何が何だかわかんない。わかんないけど、帰りたい。帰って、平和なボクの部屋で時代小説の続きを読みたい。

「女子と思ってたわよ！」

「だから、あの…でも、ずっとボクはボクって言ってたし…」

「女の子でもボクっていう子、いるじゃない！」

「あの、すみません、何度も言おうかどうしようかと…でも、言いそびれて…あの、男子とわかってると思ってて…」

「わかってたら生理の話なんかしないわよっ！」

人様に、こんな大声で怒鳴られたのは初めてだ。

一年女子の四人は堪え切れずに大爆笑しているし、グンジ先輩は、真っ赤な顔で頭を掻きむしっている。

ボクは中腰になり、負け犬のように後ずさっていた。

プールサイドに戻っていいのか？

ここに残って点検を続けるのか？

それとも、家に帰っていいのか？

結局、すごい勢いでプールサイドへの退却命令が下され、ボクはようやく一年男子に交じってデッキブラシを持たされた。

ボクは自分が思っている以上に男子要素が少ないらしい。

「なんか、災難だったね」トーテムが気の毒そうにスタート台をデッキブラシでこすりながら言った。

「闘牛場に放り込まれたハツカネズミの気分だったよ」

顔を上げたら泣きそうなので、俯いてデッキブラシをゴシゴシしながら答えたけど、ポタリと落ちた滴は汗なんだろうか、涙なんだろうか。

「ハツカネズミなら小さすぎて、牛は気づかないから大丈夫だよ」トーテムは、またピント外れにボクを励ましてくれた。

いいヤツなんだけど…。

男子部員の先輩たちはグンジ先輩とのスッタモンダを聞きつけ、幸か不幸か新入部員の中で一番に名前を覚えてもらえた。

そのグンジ先輩はというと、わざとなのかいつもそうなのか、プール掃除の間ずっと般若のような形相で、黙々と作業を続けていた。もちろん休憩中でさえ、ボクとは目も合わせてくれなかった。

まぁ、ボクも恐ろしくて見られなかったんだけど。

夕方になって、どうやらこうやら掃除は終了した。

「では、この後プールに水を張っておくので、いよいよ来週から練習開始だ。水着、忘れんなよ」下村先生がみんなを集めて言った。

「よし！」「やったー！」先輩たちはウキウキした様子で、小さくガッツポーズをとっている。

プールって、水が張ってある状態が当たり前に思ってたけど、それまでがいろいろと大変なんだな。知らなかった。ってか、興味がなかっただけなんだけど。と、ボクは関係ないことを考えている。

「プール練習が始まったら、二年、三年は事前に渡してあるスケジュールに従って、各々慣らし泳ぎをしておいてくれ。一年は泳力、技量を見て希望の泳法を訊いていきます。何か質問は？　…では、解散！」

「ありがとうございましたー！」先輩たちは先生に一礼し、プールサイドを出る時プールに一礼して出て行く。

一年もそれに倣って、ようやくプールサイドから解放された。

部室で着替えている時（もちろん更衣室は男女別である）体操服を脱ぎながら一人の先輩が話しかけてきた。

「キミ、小暮君だっけ？　グンジに女子と間違われたんだって？」三年の男子部長の、藤堂先輩だ。

うわー、胸毛あるよー！　ひゃー、胸板も厚いし、背も、トーテムくらいあるのかな…

「女の子みたいだもんな、お前」ほかの先輩も寄ってくる。

「あ、はい、すみません、ボクがすぐに訂正しなかったから…」

「いいのいいの、グンジ、早とちりだし」

「思い込み激しいし」

「グンジの方がよっぽど男みたいだもんな」

ガハハハハ、と、先輩たちが笑い飛ばしてくれたお陰で、ボクはまた少し気が楽になった。

聞くところによると、野球部とかサッカー部など、他の体育系クラブの先輩方は、とても厳しいらしい。

「でも、きっとグンジも勝手に間違って悪かったたって思ってるよ。あれですごくいいヤツだから…仲良くしていこうな」藤堂先輩が爽やかに言って、ボクに右手を差し出した。

うわ、青春ドラマみたいだ。

ボクは照れて真っ赤になりながら「はい、よろしくお願いします」と、両手で握り返してお辞儀までする、ジャパニーズスタイルをしてしまった。

よろしくだって。よろしくだって。握手までしちゃって。ヤル気満々みたいじゃん。

もうヤだよ。月曜日なんて永遠に来なければいいのに。

その夜ボクは、日焼けで真っ赤になった鼻とほっぺたを濡れタオルで冷やしながら、ベッドに寝転がっていた。

泳力？　泳法？　なんだよ、それ。そんなの知らないよ。泳げないんだもん。

小学校の時は、ビート板につかまってバタ足でようやく一〇メートル、ビート板無しなら五メートルも行けなかったのに。

ボクの気持ちはどん底に落ち込み、憂鬱レベルは二〇〇パーセントにまで上がった。


夜の明けない朝はない、月曜日が来ない朝なんてどこにもない。というわけで、時間通りに時は過ぎ、予定通りに月曜日の放課後はやってきた。

「じゃ、今から泳ぎのレベルがどのくらいあるのか見ます。飛び込む者は飛び込んでいいけど、無理しなくていいぞ、中からのスタートで。四種目のうち、自分の得意な泳ぎならどの種目でも構いません。タイムを競うわけじゃないから焦るな…溺れるのだけは勘弁してくれよ」下村先生は、最後の言葉は冗談で言ったのだろう、他の三人はクスクス笑っていたけれど、ボクは最後通牒を突き付けられた気分だった。

え、溺れちゃいけないの？

飛び込むのは四組の木村君だけで、あとは全員、中からのスタートだ。

トポンと水に浸かった。もう、どうにでもなれ、だ。

「位置について、よーい…ハイ！」先生がピストルの代わりに大きく手を打ち鳴らした。

みんな一斉にスタートする。

スタート台に立った木村君は、下から見てもきれいな弧を描いて、ザッパーーーンと水しぶきを上げた。

トーテムともう一人、三組の山田君も、プールサイドの壁を蹴って勢いよくザザザッとスタートした。

ボクはみんなの上げる水しぶきと、波と渦に面食らい、ヨタヨタと水の動きに足を取られて、しこたま水を飲んでしまった。

ゲホゲホと苦しそうに咳き込んでいると、下村先生が慌てて寄ってきて「オイ、大丈夫か？　一旦、上がるか？」と言ってくれた。けど、今やめると永遠に気持ちが萎えてしまうだろうから「いえ、泳ぎます、大丈夫です」と、涙目で答えた。

クロールで泳いでいるトーテムと、平泳ぎの山田君は、もう半分過ぎたところにいる。なんと、スタート台から飛び込んだ木村君は、クロールでもう到着している。急がねば！

もう一度、ブルブルっと顔をこすってエイヤッと壁を蹴った。

最初は水を飲んだ影響もあり苦しかったけど、五メートルも進むと少し慣れてきた。

「あ、いい感じかも。もしかしたら最後まで泳げるかも！」他の人の起こす水しぶきや水流が無くなったお陰で、泳ぎやすくなっている。プールサイドにいた先輩たちも、ボクを見て大声で応援してくれている。端のコースを使って泳いでいた先輩も、泳ぐのをやめてプールの中からボクを見ている。

大声で応援してくれる先輩や、泳ぐのをやめて見てくれる先輩たちに感謝した。

ボク、今までで一番うまく泳げているかもしれない。

そう思い、腕を伸ばした途端、指先に壁が触れた。

「あっ！」

立ち上がって見ると、さっき壁を蹴ってスタートした五コースのスタート台は、遥か二五メートル後ろに見える。

くるっと振り返ると、そこにはいつの間にか全員集まっていた。

やった！　ビート板無しで、初めて二五メートル泳げた！

先輩たちのお陰です、泳ぐのをやめて水を静かにしてくれた先輩、ありがとうございます。

大声で応援してくれた先輩、「あ、ありがとうご…」

ガッハッハッハッ
ヒャー、マイッタマイッタ
「小暮ぇー」下村先生が笑いをかみ殺し、困った様子でボクを引き上げてくれながら「横泳ぎはないんじゃない？」一斉に大爆笑が起こり、ボクは全身、真っ赤になった。

バタフライ、平泳ぎ、クロール…もう一つは、横泳ぎじゃなかったのか…

やっぱり無理だ。ボクに泳ぎなんて、スポーツなんて、無理なんだ。

替えてもらおう。頼み込めば何とかなるかもしれない。

体育系以外なら何でもいい、この際、手芸部だって！

　部室が並ぶ廊下を、体育教官室を目指してずんずん歩いていく。と、「今日は笑ったねー、最近で一番笑ったかも」「横泳ぎ始めちゃった時は『え、ふざけてんの？』って思ったよ」

　あ、ここ、水泳部女子の更衣室だ。

「でもさぁ、かろうじて横泳ぎしかできないって、問題じゃない？」「戦力にならないわよ…まぁ、うちらの部って市内でも後ろの成績だから偉そうなことは言えないけど…でも、他校に対して恥ずかしいよ」「そうよねぇ、泳げない人って話にならないわよねぇ」

　ボクは真っ赤になって、耳を塞ぎたくなった。そんなこと、自分自身が一番よくわかってる。

　水泳部の先輩たちはみんな優しくて、楽しくて、ちょっといいなって思ってたけど、だから尚更、そんな先輩たちの足を引っ張りたくないし、体力のないボクは、泳ぐなんてハードなことにはついていけない。

　結局、みんなのお荷物になるくらいなら部を変更してもらおうと、また歩き出した時、グンジ先輩の声が聞こえた。

「でもグレコ、最後まで頑張ったよ」

　ボクの足が止まった。

「スタートも遅れて、下チンにやめるかって言われてもあとから一人で泳いだし、全然泳げないって言ってたのに最後まで諦めずに泳いだし、ゴールした瞬間、すごく嬉しそうだったよ。たまたま横泳ぎだっただけじゃん。きっと泳ぐのが好きになるよ」

「んー、そうだねぇ、頑張ってたねぇ」

「グンジも最初は泳げなかったしね。じゃ、みんなでフォローするか」

「オッケー」「そうだよねー」

ボクは、また真っ赤になった。

目から涙が溢れそうになった。

何もできない自分にいつも自信が持てなかった。

幼稚園の時、ジャングルジム鬼ごっこをした時も、てっぺんが怖くて登れず、途中でやめて女の子たちとお絵描きに加わった。

小学生の時も、ドッジボール大会で、大きい体の子の後ろに隠れていたし、マラソン大会の時も、気持ちが悪くなって途中で棄権した。

そうして、いつも苦手なことや辛いことから、すぐ逃げようとしていた。努力なんてしたことがなかった。

先輩たち、ごめんなさい。

グンジ先輩、ありがとうございます。

なんだかいろんな感情が押し寄せてきて、全身がブルブル震えた。

しゃくりあげて、声が出そうになったので、慌ててその場を離れた。

「あ、グレコ、探してたんだよ、一緒に帰ろう」トーテムが、向こうから小走りに走ってきた。

「トーテム、ボク、水泳部を続けてみるよ。頑張って、泳げるようになってみせる」ボクは耳たぶを赤くして、洟をすすり上げて宣言した。

「そうだね、六月にはあのカッコイイ水着が着られるしね。グレコはSで大丈夫？　Sより小さいサイズってあるのかなぁ」

トーテムの、ずれたピントも今ならちょっぴり笑えるよ。

痛さで顔を歪めて、脛を抱えてプールサイドに上がろうともがいているボクを、ヒョイッと担ぎ上げて「また足が攣ったのか？　ちゃんと準備運動、したか？」と、呆れ顔で藤堂先輩が言った。

「アタ…イタタタタ…」

今日は小雨が降って、気温も四月初旬並みに低い。

藤堂先輩はボクをビート板に座らせ、自分のタオルを肩にかけてくれる。攣った方の膝を曲げて親指を何度かグーっと反らせてくれる。

先輩の濃い脛毛がゾリゾリ触れて、ボクの生っ白いツルツルの足が、少し恥ずかしい。

「は、はい…ズズ…準備運動は充分…ズズ…したんですけど…ズズズ…寒くて…」

洟はすすり上げるわ、歯の根はガチガチ合わないわで、きっと、藤堂先輩は半分も聞き取れなかっただろうけど、「水温も低いから足も攣りやすいのかもな。今日は相当寒いし、顔色の悪いヤツも何人かいるようだから、早めに上がって部室でミーティングにしようか」と、下村先生のところへ行った。

「何を話し合うミーティングですか？」一年の中ではトップスイマーの木村君が、パンツを穿きながら訊いている。

「うん、後で下チン…下村先生が来られてから決めるけど、主に一年の泳ぎを決めることかな」

「あの、前から気になってたんですけど」一年の中ではムードメーカーの三組の山田君が、おずおずと切り出した。

「下村先生は何で下チンなんですか？　もしかして…」言いにくそうにもじもじしている。

他の先輩は、ドッと笑って「そう、お前らの想像通り！」

え？　ボクは何も想像してませんが…。

「下村先生って体育教師だから体も引き締まって精悍な感じだろ？　でも…」クスクス。

「アソコが、ホラ」クスクス。

「水着の時、特に目立つんだけど、コントの全身タイツ着てわざと股間に詰め物したみたい

に…下がってるじゃん」「それに、デカイ！」ププーーー、ダハハハ
　みんなのクスクス笑いが最高潮に達して弾けた。

　そうか、あの、初日に下村先生を見て感じた違和感は、デカくて下がってたからか…、

「下品な笑いが外に丸聞こえだってば。だから水泳部は低レベルだって言われるのよ」グンジ先輩が髪の毛を拭きながら入ってきた。

「男子部屋に入る時はノックしろよな」「べーーー」「ちょっと、下村先生、来たわよ」

　みんなはクスクス笑いを残したまま静かになった。

「よーし、みんな、着替え終わったな」

　下村先生が入ってきた。よかった、ジャージの上下に着替えてる。

「では、改めて一年生の種目を決めます」

　ボクら一年生は、一斉にピッと姿勢を正した。

「あらかじめ事前に聞いた希望は考慮します。山田は平泳ぎ、木村はクロールでいいな。大浦は…」

「ハイ、バタフライがやりたいです！　泳いだことないけど、格好よく泳げるように練習します！」

　下村先生はニコニコ笑って「そうだな、じゃ、バタフライは大浦」トーテムはすごく嬉しそうに、最敬礼した。

「あと、小暮なんだけど…」申し訳なさそうに、先生がボクを見た。

クビか？　退部勧告されるのか？　期待半分、残念な気持ち半分で俯いた。

「背泳ぎでいいか？」

へっ？

「練習は二年のヤツらに教えてもらえばいいから」

「は、はい、わかりました」

「すまんな、横泳ぎじゃなくて」

狭い部室は爆笑の渦となり、ボクだけ一人赤くなって、また俯いた。


それからの放課後は、一日おきで水泳部の部活動があり、ボクには、一日おきで憂鬱がやってきた。

ボクは、ボク一人の別メニューを作ってもらい、まず、泳ぐ練習から始めた。

水泳部で泳ぐ練習なんて、特進コースで九九を教わってるようなモンじゃないかって屈辱ではあるが、泳げないボクには正直ありがたかった。

泳ぐ練習と同時に、背泳ぎの練習は、二年の男子と女子の先輩が教えてくれた。

二年の男子の先輩は吉井先輩といい、口数が少なく物静かで、淡々と背泳ぎのフォームを理論的に教えてくれる。

「…だから、上を向いて泳ぐということは…」とか「…この時点ではすでに右腕はここにきているることになるから顔の向きは…」など、腕の角度や顔の向き、腰の向き、力のバランスや浮力など理路整然と、まるで物理の説明をしているかのように教えてくれる。

吉井先輩に教えてもらっている時は、顔の向き、手の動き、膝、腰、足首…と、一つずつ泳ぐ動作を頭の中で確認しながら背泳ぎの練習をした。

そして、背泳ぎの二年生女子の先輩は、グンジ先輩だった。

「上向いて浮かべないなんて、論外だからね」最初の練習の日にボソッと言った一言が、グンジ先輩の鬼のような特訓の始まりだった。

「だ・か・ら！　いちいち顔拭かない！」「まだ半分も行ってないのに、足ついてどうすんの！」「ほら、キックが弱くなってるから腰が沈んでるよ！」

グンジ先輩の練習の時はひっきりなしに大声が飛び、他の部員や先生までもがクスクス笑ってた。

ボクは吉井先輩に教えてもらった背泳ぎのしくみというか、体の動きというか、理論というか、を、頭の中で何度も復習し、次の部活の日、グンジ先輩の特訓で実践に移す…という感じで、ただただ言われるままに、がむしゃらに練習をした。

自分の頭では考えず（泳いでいる自分というのが頭でついていかなかっただけなんだけど）本当に、ポンコツの水泳マシーンのように、言われたままに繰り返し繰り返し練習した。

ボクの感覚では、泳ぐというより溺れている、または水の中でもがいている感じだったけど、トーテムから言わせると「明らかに進歩しているよ」ってことだったので、成果はあるのかな。

そのトーテムといえば、これ以上ないくらい真摯に練習に取り組み、憧れのバタフライをめきめきと上達させていった。

好きこそものの上手なれ、とはよく言ったもんだ。


グンジ先輩と吉井先輩のメリハリのある練習のお陰で、ボクも休むことなく部活に行き、（二度ほどズル休みしようと思ったけど、グンジ先輩が鬼の形相で一年の教室まで来たので休めなかった）考える余裕もなく、憂鬱に浸る暇もなく、思考が止まっていたといってもいいと思うけど、ひたすら泳いだ。

その甲斐あってか、夏休みに入った頃には、背泳ぎならどうにか一〇〇メートル泳げるようになった。まだまだターンのタイミングが合わずに立ち上がったり、やっぱり途中で溺れたりすることはあったけど、バタ足しかできなかった運動音痴のこのボクが、だ。

継続は力なりって、ホントなんだなぁ。


毎年、夏休みの最終日曜日には、市内で近隣の第一中学校から第五中学校までの五校と、私立の三校の、併せて八校による試合が行われる。

腕のあるコーチを学外から呼び、設備も立派な私立の三校が例年上位三位を占める。四位から八位までが実質、公立中学校の順位らしいが、ボクの通う第三中学校は毎年七位か八位らしい。というより、七位になったことは過去二回のみ、ほぼ毎年八位。つまり、最下位ということだ。

けれど先輩たちは成績なんて気にする様子もなく（本当は気にしているんだろうけど）、いつも和気あいあいと泳いでいる。弱小とはいえ、曲がりなりにも水泳部なので、夏休みに入ってからはほぼ毎日のようにプールでの練習があるが、休むことなくいつも水泳部全員、登校している。

そして、一年生部員も上級生と同じように練習メニューをさせてもらい、水泳部員としての意気も上がっている。

他の運動部では、人数も多いうえ上下も厳しいので、一年生は球拾いやボール磨きしかさせてもらえず、試合にも、よっぽどの技術がなければ出してもらえないと聞く。ボクにはそっちの方がありがたいけど…。

明日から八月という練習終わりに、下村先生が、着替え終わったら男子更衣室に集まるようにといった。

先輩たちは「いよいよ水泳大会のメンバー発表だな」と目を輝かせたが、男女併せて二〇名の弱小部なので、全員が何らかの試合には出場すると思うんだけど。

着替えも終わって、それぞれが頭を拭いたり、更衣室に置いてある誰のかわからないぼろぼろのコミックを開いたりしていると、バン！　と扉が開いて「うわー、暑いうえに臭ーい！」とグンジ先輩が入ってきた。

「ちょっと掃除くらいしなさいよー」あとから他の女子部員も入ってくる。

「うるさいなぁ…ってか、ノックしろっていつも言ってるだろうがよぉ」

「そんなお上品なタマかよ」「鏡見て言えよ」口の悪い女子たちに、ひとこと言うと百倍返される男子たちは「うるせーよ」「ブース、ブスブス」「がさつ女！」と、もはや小学生レベルの太刀打ちしかできない。

「ちょっと藤堂先輩、ジャージ丸めて放っぽらかさないでくださいよ、汚いなぁ」グンジ先輩にかかれば上級生であろうと部長であろうと容赦なしだ。当の藤堂先輩はいつもの爽やかさはどこへやら、「あぁ、ごめん…」などと言いつつ、丸めて脱ぎっぱなしのジャージを慌ててスポーツバッグに突っ込んでいる。

狭い部室に二〇人も入って、ただでさえ暑苦しいのに、ほとんど全員がギャアギャアと叫んでいるので、不快指数は一〇〇パーセントになっているだろう。

下村先生が入ってきた途端「うげー」と声にならない声を上げ、「みんな、表に出ろ。プール横のベンチでミーティングだ」と言った。

実際、更衣室の中でミーティングをしていたら、確実に五人は熱中症で倒れていただろう。そのうちの一人はボクだけど。

プール横の木陰になったベンチを囲み車座に座ったボクらに、今年の試合日時と出場メンバー（全員だけど）と、その種目が伝えられた。

下村先生は、一人一人に注意点やアドバイス、強化しなければならない箇所を丁寧に教え、試合までの練習メニューも指示してくださった。

隣に座っていたトーテムは、一語一句聞き漏らすまいと瞬きするのも忘れ、息するのも忘れてるんじゃないかというほど、熱心に聞いていた。

ボクもトーテムも、個人の一〇〇とメドレーリレーの四〇〇に出場する。

それを言われた時のボクは、深い深い穴の中に突き落とされた気分になった。先輩たちへのアドバイスや注意点の時も、トーテムが目を輝かせて練習方法を聞いている時も、ボクはずっと穴の中へ落ち続けていた。

ボクが、ボクが？　試合？　ようやく一度も足をつかずに一〇〇メートルを泳げた！と、三日前に喜んでたレベルのボクが、試合？

試合？　試合？　試合？

穴に落ち続けているボクに下村先生は「で、小暮」とボクを見た。

無になっているボクを見て、下村先生はニッコリ笑って言った。

「とにかく、泳げ」

八月最後の日曜日。

今日も気温は朝からすでに、三〇度近く上がっている。

こんなアスファルトで覆われた町の、どこにこんなに眠っていたのだろうかと思えるほどのセミの鳴き声が、青い絵の具よりも濃い色の、雲一つない空に吸い込まれていく。

中学校の校門に集合したボクらは、試合会場である公立高校へ向かう。

歩くだけでダラダラと汗が流れ、もう、ひと泳ぎしたのかってくらい、みんなの髪は汗で濡れている。

「あー暑っ！　早く泳ぎたい！」なんてみんなは言っているけど、ボクはずぶずぶと体が地面にめり込んでいくような気分で、暑さも感じない。

あの出場メンバー発表の日から、ボクの憂鬱は毎日一〇パーセントずつ増加し、今や二〇〇パーセント以上の憂鬱をしょっている。

「とにかく、泳げ」

ボクへのアドバイスはこれだけ。

注意点も、強化方法も、何もなく、この一言のみ。

そうだよな。

先生もアドバイスのしようがないよな。

期待されていないって思うと寂しいけど、気分はラクだよな。

……はぁー……。

自分の体重が一〇〇トン位になったかのように、重い重い足を引きずりながら、意気揚々と歩くみんなに付いていった。

試合会場の公立高校は、高校といってもボクが通う中学校の目の前、道を渡ったところにある学校だけれど、中学校の正門と高校の正門は真反対にあるので、歩くと二〇分ほどかかる。

中学校と高校の間の道を渡る時、反対の道をあっちゃんが歩いているのに気づいた。

このところ、毎日部活漬けの日々だったので、あっちゃんに会うのはすごく久しぶりだった。

「あっちゃん」ボクとトーテムは大きく手を振った。

何か考え事をしているんだろうか、あっちゃんには珍しく、トボトボという感じで反対側の道を俯きながら歩いている。

こちらに向かって歩いているんだけど、ボクらの呼び声には気づいてくれない。

「あっちゃーーん、こっちこっち」

ようやく、ふと顔を上げたあっちゃんは、力の抜けたニコニコ顔でボクらを認めた。

「よぉ、久しぶり」

「今から高校で試合なんだ、応援に来てよ」

途端に何かを考える様子で目がきょろきょろ動き、「ごめん、これから用事があるんだ…」と、申し訳なさそうに言った。

「そっか、残念だけど…デビュー戦なんだよ、グレコも出るんだよ」トーテムは自分のことのように、試合に出られるボクを喜んでくれた。

まぁ、四種目に一人ずつしかいないので、必然的に出ることにはなるんだけど。

「ほんと、ごめんな。頑張って」じゃ、と、歩き出すあっちゃんを見送って、ボクは少しドキンとした。

小学校一年の時からずっと一緒で、親友だからわかる、ニコニコ笑う三日月目の奥の不安な色。

何か心配なことでもあるのかな。

背中を丸めて、またトボトボと歩き出したあっちゃんの後ろ姿を見て、ボクも少し不安になった。

高校のプールサイドは、すでに高校の水泳部のみなさんが学校別に椅子で区切ってくれていて、ボクらは『第三中』と書かれた紙が貼ってある椅子の場所に集まった。

高校のプールサイドはボクら中学校のプールサイドよりずっと広くて、木立の影のない場所にはテントが幾張りか張られている。

ボクらに割り当てられた場所は木陰になっている場所で、頭上からは降るようなセミの声とともに、木漏れ日がキラキラとボクらの顔に模様を作る。

中学校のプールの底は、ただのコンクリート色で白線が引いてあるだけだが、高校のプールの内側はブルーに塗られてあり、水面がキラキラ光って、張ってある水さえもきれいに見える。

八月の終わりの、暑い日差しを照り返し、まだ誰も入っていない水面はサワサワと静かに揺れている。

プールサイドにも各学校の水泳部が集まってきているが、人数のわりに試合前の独特の静けさがあり、ボクの緊張と憂鬱の入り混じった感情は頂点に達していた。

「各自、荷物はコンパクトにまとめて、全員分を最前列に置きなさい。貴重品は持ってきていないな」下チン（ボクら一年生も、こう呼びだした）はそう言い、自分の荷物を手前に置いた。それに倣ってボクらも順々に並べて置いた。荷物は防犯上、全員の目の触れるところに置くのだそうだ。

「輪切りレモンの砂糖漬け、作ってきたから食べてね」「あ、私、レモネード持ってきたよ」

「お昼のおにぎり、お母さんがたくさん作ってくれたから」

女子たちはさっそくタッパーなどを開けている。

「おいおい、ピクニックじゃないんだぞ。緊張感がないなぁ」だから万年最下位なんだよ、という下チンも砂糖漬けレモンをつまんでいるので、緊張感ゼロである。マックスに緊張しているのはボクだけだろう。

一〇〇メートル泳げるようになったと言っても『ようやく』である。三回に一回は、途中で立ってしまう。ターンに至っては、五回に四回は失敗する。

ビリでもいいから、いや、ビリに決まってると思うけど、途中で立ったりしませんように。最後まで泳げますように。

ボクが出場するのは個人の一〇〇メートル背泳ぎと、一年生による四〇〇メートルメドレーリレー。

個人戦はふがいない成績で終わっても仕方ないけど、団体戦は他のみんなに迷惑がかかる。あー、ダメだ。極度の緊張で手足が冷たくなっていく。

「ちょっと、ボク、トイレへ…」

プール脇のトイレの小窓からは、他校の選手や応援に来た人たちが見える。なんか、みんな、何であんなに余裕なんだろう。青い顔をしているのなんて、ボクだけだ。

緊張で、膨らんだ心臓が耳元まで大きくなっているみたいだ。

ドクン、ドクン、ドクン、ドクン。

全身の血流が、すべて一気に心臓に集まって、破裂しそう。

洗面所で顔をザブザブ洗って、溢れそうになった涙を洗い流す。

はぁーーー。

トイレを出たところにグンジ先輩が立っていた。

「緊張してる？」

……はい……かすれて声にならない。

「あのね、泳いでる時、何も考えないの。うまく泳ごうだとか、泳ぎ方がどうとか。ただ、頭の中でタタタン、タタタン、タタタン、って、タンバリン鳴らすの。三回ターンしたら、ハイ、終わり」

両手でトンっと背中を押された。

「さ、行こう」

そう言って、スタスタと会場へ歩き出す。

グンジ先輩、トイレに来たんじゃないんだ。ボクを待っててくれたんだ。

「はい！」

ボクの緊張は、レモンの砂糖漬けのようにトロンと溶けていった。

そうだ。あれこれ考えず、三回ターンするだけだ。

とは言え、四か月前まではほとんどカナヅチだったわけで、いくら頭では思っていてもタンバリンのリズムは狂いっぱなし。立たずに泳ぎ切れたことのみ褒めてやろうってくらいで、ボクの初戦の個人一〇〇メートル背泳ぎの成績は、七人中、見事七位。そのうえ、六位との差が一〇秒以上あった。

「すみません、負けちゃいました」

「上出来だよー、一度も立たなかったし。ちゃんとリズムに乗って泳いでたよ。ターンも全部、成功したじゃない」レモネードの入ったコップを差し出し、グンジ先輩は言ってくれた。

「リズムは狂いましたけど、タンバリンのお陰で足はつきませんでした」ボクが言うと先輩は「私も先輩に言ってもらったことだから」と、ちょっと照れた。

あとはメドレーリレーだ。せめて、さっきよりいいタイムでバトンを繋ぎたい。

「小暮、ちょっと」同じ一年生部員の山田君が、こっちへ来いと目で合図をしてきた。さっきのトイレ横の壁まで、山田君の後についていく。

「小暮、団体の時はさっきみたいな負け方、すんなよな」

背中を向けたまま、山田君が言った。

いつも部活で、ボクらと冗談を言い合っている時の山田君の声より、うんと低い声で言われたので、一瞬、言葉に詰まった。

「わかってんのかよ、小暮」

顔だけこっちに向けた山田君の目は、怒ったように真剣にボクを見ていた。

「う、うん、ごめん」

「謝れって言ってんじゃないんだよ。お前、トップだよな。たとえビリで戻ってきてもいいから、俺らが追い抜かせるくらいのタイムで帰れって言ってんだよ。完泳すればいいっても んじゃないんだぞ」

「わかってる。さっきよりいいタイムで…今までで一番いいタイムで次に、山田君に繋げるから」

「木村にみっともない負け方、させるんじゃねぇぞ」そう言って、プールの方へ戻って行った。

　山田君は、ボクに怒っているわけでも、脅しているわけでもなく、木村君のことを考えて言っていたんだ。

　木村君は、個人の一〇〇メートル自由形で一位だった。タイムでも、一、二、三年生の自由形の中で二位だった。

　第三中水泳部始まって以来だと、下チンは木村君を抱きしめ、ほっぺにチューまでして喜んだ。

　チューは抵抗してたけど、木村君もとても嬉しそうだった。

　なのに、第一泳者のボクがさっきみたいに離されて戻ってきたら、第二の山田君、第三のトーテムが頑張って泳いでくれても、いくら早い木村君でも、差を縮めるくらいしかできないだろう。

アンカーの木村君を、惨めな負け方にさせることになる。

頑張る、頑張る、絶対頑張る！

思えば思うほど、心はずんっと重くなる。ため息ばかり出て、酸欠になりそうだ。

昼休憩になった。

午後からも競技があるので、サンドイッチやおにぎりなど、軽めな食事をみんな思い思いに摂っている。

「どうしたの？　お昼、忘れたの？」トーテムが心配そうにボクの隣に座った。

「ううん、持ってきたよ」ボクは、お母さんが作ってくれたサンドイッチを出したが、食欲がない。

「よかったらトーテム、食べていいよ。ボク、食欲ないから」

「え、サンドイッチ嫌いなの？　じゃ、僕のおにぎりと交換する？」いや、そうじゃなくて、食欲がないんだって…。

全部あげるよ、と、サンドイッチの包みをトーテムに渡し、プールと校舎の間にあるベンチへ行った。

一人、ボーっとベンチに座っていると、隣にストンとグンジ先輩が座った。

「何も食べないと、昼からの競技でドザエモンになっちゃうよ」そう言って、湯気の立つコップを手渡してくれた。

中にはレモンが二枚、浮かんでいる。

「レモンの砂糖漬けに熱いお湯を入れてもらったの。冷たいのより、いいかなと思って」

そう言うグンジ先輩と、二枚のレモンを見ていると、どんどん涙が溢れてきて、慌てて瞬きしたらポタポタポタと落ちてしまった。

ビックリしてボクを見るグンジ先輩を見ていると、もう、涙が止まらなくなり、わーんわーんと子供のように泣き出してしまった。

「え？　え？」「どうしたの？」「どうしよう」グンジ先輩は、最初は驚いてオロオロしていたけど、そのうちボクが泣き止むまで黙って側にいてくれた。

もういいや。さんざん恥ずかしいところ、見せてきちゃったし、もういい。

泣いて泣いて、泣きじゃくって、ようやく涙も出なくなった頃、冷めてしまったレモン湯をこくんと飲んだ。指先でレモンをすくって食べると、砂糖が溶けて、レモンの酸っぱさが残っていた。

「うっ、酸っぱ」

グンジ先輩と目が合って、にこっと笑った途端、照れ臭さが押し寄せてきた。

「トイレで顔洗っておいでよ。昼からの部が始まるよ」そう言いプールの方へ戻った。

ボクがトイレの方へ歩き出す時、後ろから「タンバリンのリズムを、さっきより早めに鳴らすんだよ！」と、グンジ先輩の声がした。

ありがとう、グンジ先輩。

そう思うとまた鼻の奥がツーンとしてきたので、慌てて顔を洗った。

もう、泣いている場合じゃない。

憂鬱だけど、ため息はつかない。

緊張してるけど、頑張る。

ボク史上、一番に頑張る！

四人で円陣を組み、お互い手を合わせて掛け声をかけ、気合を入れる。

第一泳者は背泳ぎのボク。そして第二泳者、平泳ぎの山田君へ、第三泳者、バタフライのトーテム、ラスト、第四泳者のクロール、木村君まで、少しでもいい形で繋げたい。

トポンとプールに入る。ボクらは第六コースだ。

一度、プクプクっと水に潜って、プハッと顔を出す。

その時、「グレコー！　タンバリン！」第三中の方を見ると、グンジ先輩が大きく腕を回して叫んでいる。

ボクはにこっと笑ってうなずき、スタートポーズをとった。

一瞬の静寂の後ピストルの音が鳴り響き、ボクらは一斉にスタートした。

タタタン、タタタン、タタタン…ボクの頭の中で、タンバリンはさっきよりも速く、速く、リズムをとっている。

一回目、ターンはうまくいった。

タタタン、タタタン、タタタン…いつの間にかボクの頭の中では、グンジ先輩がタンバリンを鳴らしながらプールサイドを走っている。

二回目、よし、今度のターンは少しタイミングがずれたけど、立ち上がるほどじゃない。大丈夫。

タタタン、タタタン、タタタン…三度目のターンのあと、タンバリンのリズムを少し速めた。もっともっと、もっと速くタンバリンを鳴らして。頭の中のグンジ先輩にお願いする。

よし、半分過ぎた。あと一〇メートルくらいか…山田君、次、頼んだよ……！　あっ！

タンバリンが急に鳴りやんだ。

うわっ！　うわっ！

「グレコッ！」「グレコー！」「小暮！」

どうした…足が…足が攣った！

大会のスタッフが慌てて走ってくるのが見える。

ゲボッ！　グッ！

ここで止められると棄権になる。

ダメだ。それはだめだよ。

山田君、トーテム、木村君、メンバーの顔が次々に浮かぶ。

あと五メートルくらいで山田君に繋げられるはず。

もうきっと、背泳ぎでも何泳ぎでもなかっただろうけど、がむしゃらに手足を動かし、もがき、壁に手が触れた。

沈んでいくボクの頭の上を、山田君が飛び込むのが見えた。

すかさず、トーテムが右腕を、木村君が左腕を掴んで引っ張り上げてくれた。

結局、ボクらの順位は七校中六位だった。後の一校は、平泳ぎの選手がボクと同じく、途中で足が攣って棄権したそうだ。

そう、木村君は最後に戻ってきたんだ。

いたたまれない気持ちで下チンに抱えられ、第三中エリアに戻った。

「すみませんでした、すごくみっともない負け方をしてしまって…」

あんなにみんな応援してくれたのに。

他の三人も、あんなに頑張ったのに。

「でも、スタートした時は四位だったよね」

え？

「そうそう、で、最後のターンのあとはぐんぐんスピードに乗って、三位になったじゃない」

ええ？

「あの時の追い上げはすごかったよね。もう少しで二位になるかって感じだったよ」

えーーー！

「調子に乗ったんだろ。自分のキャパ以上の力出して、足攣っちゃったんだよ」「で、初めに戻って横泳ぎ」ガハハハハ

頭をクシャクシャにされたり、背中をペチペチ叩かれたりして、テントに引き入れられた。

下チンが、うんうんとうなずいているのが見える。

「最後まで諦めずに、繋いでくれてサンキューな」

そう言うと山田君はボクの肩をポンと叩いて、みんなの輪の後ろに行った。山田君…。

五位に肉薄した木村君も、みんなに囲まれて「すごい」を連発されている。そして、ボクに気づいて手を上げてくれる。木村君…。

「さっきのサンドイッチ、残してあるよ…あ、二つ貰ったけど」お腹すいたでしょ、と、お弁当を持ってきてくれたトーテム…君はホントに、いいヤツだよ。

全競技が済み、総合順位はなんと五位だった。

木村君の好成績が光ったんだ。

下チンはまた、木村君のほっぺにチューをし、藤堂先輩にまでチューをされ、悲鳴を上げながらも嬉しそうだった。

他校の生徒は『五位の成績』に狂喜しているボクらに失笑していたが。

「第三中がなぜ、部活動全員参加なのか。これだよ、こういうことなんだよ。できる人ができない人を教え、できなかった人ができるようになる。その過程での苦しみをみんなで共有し、支え合い、結果も全員で分かち合う。それをみんなはできた。この四か月という短期間で。みんなは最高の水泳部だよ！」

大会が終わって静かになった水面がキラキラ光って、夏の終わりの爽やかな風が吹いている。

そのプールを背に下チンの熱い話を聞くみんなの顔も、自信と誇りでキラキラしていた。

今ならわかる気がする。下チンがボクにたった一言「とにかく、泳げ」と言ったこと。

入部以来のボクの憂鬱は吹っ飛び、心の底から「もっと上手に泳げるようになりたい」と思えたんだ。

夜、ボクは電話であっちゃんに報告した。

「あ、あっちゃん？　今日の試合、総合で五位だったんだよ」

今日一日の出来事を、全部あっちゃんに聞いてほしくて勢い込んで話したが、あっちゃんはノリが悪く、「あー」とか「へー」とか言うだけで、いつものように会話が続かない。

「ねえ、あっちゃん、どうしたの？　聞いてる？　…それでね、明日なんだけど、部活、休みなんだ」だからトーテムも誘って遊びに行こう、と言いかけると「あー、明日はオレ、用事があるんだ」「え？　あ、そうなんだ…うん、じゃ、また今度ね」

電話を切った後、とても不安になった。

どうしたんだろう、あっちゃん。全然元気がなかった。上の空だった。

すぐにトーテムに電話をする。

「あ、トーテム？　ボク、ボク」

「あ、グレコ、今日はお疲れー」

トーテムののんびりした声が受話器から聞こえてきた。

あっちゃんの様子がおかしいことを言った。試合に行く前に見かけた時も元気がなかったし、今も電話でノリが悪かったたし、なんか変だよ、と。

「で、明日駅前のショッピングモールに行かない？　ボク、ドーナツの半額券持ってるし」

「あー、いいいな。祝賀会だね」

いや、五位だし。っていうか、あっちゃんのことだってば。

次の日、ボクらは駅前のショッピングモールで待ち合わせた。

ここはボクらの小さな町にある唯一のショッピングモールで、遠足のおやつを買う時も、親に連れられ洋服を買う時も、読書感想文の指定図書を買う時も、友達とゲーセンで遊ぶ時も、とにかくいつでもここが遊び場だ。

待ち合わせをしたエントランスにある時計塔のベンチの下には、すでにトーテムが来ていた。

　横には小学校低学年くらいと、幼稚園くらいの女の子が座ってジュースを飲んでいる。

「あ、悪いんだけどさ、妹たちも一緒でいい？　両親が知り合いの葬式に出かけちゃって、兄ちゃんもバイトだし…昼も外で食べろってお小遣いはもらってきたから」と、五千円札を出して、にまっと笑った。

「いいよ、全然…こんにちは」

　恥ずかしそうにしている妹たちに向かって言った。

　こう見えてボクは、色白で（今は少し焼けたが）小さいし、女の子みたいだから子供にはウケがいいんだ。

「こんにちはぁ」トーテムの小さい妹たちは、ボクを見てにっこり笑ってくれる。

　かわいいなぁ。一人っ子のボクは、昔よく「妹が欲しい」「お兄ちゃんが欲しい」と、親を困らせたものだ。

「こっちがマユミで小学校二年生、小さいほうがアケミ、五歳」

　トーテムのおっさん顔には似ず、二人とも丸顔のおかっぱで、市松人形みたいにかわいい。

「マユミはアケミの面倒をよく見るし、あまりはしゃぎまわらないから…この人はお兄ちゃんの友達で、グレコ」

「グレコちゃん、よろしくお願いします」

マユミちゃんはお行儀よく挨拶してくれたが、『グレコちゃん』って。

トーテムは、ぷっと笑って「よかったね、二人ともお姉ちゃんが欲しいって言ってたもんね」と言って、ボクをむくれさせた。

ボクらは屋上に上がった。

屋上には遊具があり、人工の小川も流れていて、子供やカップルでいつもそこそこ賑わっている。

ボクとトーテムは日陰になっている花壇のふちに腰掛け、トーテムがおごってくれたハンバーガーと、半額で買ったドーナツを食べながらジュースを飲んだ。

小川では早速、裸足になったマユミちゃんとアケミちゃんが歓声を上げている。

小さな子供は真夏の炎天下でも、平気で走り回っている。いいなぁ、子供は。ボクらみたいに大人になると、もう夏の日差しはキツイよ。

人工の小川ではしゃぐマユミちゃんとアケミちゃんを見やりながら、ジュースの氷を二つ、口に入れる。

「マユミ、パンツの替え、持ってきてないから濡らすなよ」

トーテムが叫ぶと、こくんとマユミちゃんが頷いた。

トーテムの、優しくて面倒見のいいところは、妹が二人いるからなんだな。

「お兄ちゃんしてるじゃん」「まぁね」トーテムがドーナツに噛り付いて言った。

「昨日あれから二組のヤツに訊いたんだけど」

あ、トーテムはちゃんとあっちゃんのこと、考えていたんだ。

二組の、同じ東小学校出身の友達に、クラス内でのあっちゃんの様子を訊いたそうだ。

ボクはただ、オロオロとあっちゃんを心配するだけで、実際には何も行動しなかった。

ボクはなんて、考えが浅くて情けないヤツなんだ。

「あっちゃん、初めの頃は、いつも僕たちの教室に来てたでしょ。休み時間も、昼休みも」

ああ、ボクが水泳部に決まって落ち込んでた時だ。休み時間のたびに一組に来て、ボクを笑わそうとしてくれていた。

「その頃からクラスでちょっと浮いちゃって、結局どのグループの輪にも入っていけなかったんだって」

あっちゃん、ごめん、ボクのせいだ。ボクはボクのことしか考えてなかった。

「で、そのうち、西小のヤツらがあっちゃんを仲間に入れたんだ」

西小学校…近隣の三つの小学校の中でも、一番ワルな感じの生徒が多い学校だ。

休み時間や下校時に一緒に行動するようになって、最初はあっちゃんも、やっと友達ができたと楽しそうにしていたけど、すぐに、自分とは違う、自分とは合わないと感じたそうだ。

でも、その時にはもう『友達』という認識をクラス内でもされていたし、何より、そのグループから抜けて、また一人になることにためらいがあったんだと思う。

そういう気持ちは当然彼らにも伝わり、あっちゃんは、いじられキャラみたいな役回りだったそうだ。

「ある日リーダー格のヤツがよそ見しながら歩いていて、あっちゃんにぶつかって、あっちゃんが持ってたコーヒー牛乳をリーダー格のヤツのスニーカーにこぼしちゃったんだって」

そんなの、よそ見してぶつかった方が悪いんじゃん。

「買ったばっかのレアなスニーカーで、あっちゃん、すごい勢いでボコられたって」

あっちゃん…。

「何度も何度も謝ったらしいんだけど、ヘラヘラ笑ってんじゃねーよってまた殴られて…」

あの、あっちゃんのトレードマークの三日月目がアダになったんだ。

ボクならわかるのに。殴られている時の、三日月目の恐怖を、仲間外れにされた時の寂しさを、わかるはずなのに…。

「わかってあげられなかった。気づいてあげられなかった」

ボクは、悔し涙を拳で拭った。

「それでね…」トーテムはここで少し、言いよどんだ。

「あっちゃん、今ではパシリに使われてるんだって。スニーカーの弁償代だってお金を要求されたり…噂だけど、万引きも命令されてやらされてるみたい」

「そんな…！」

「クラスの他の生徒も、ちょっとやり過ぎだって思ってるらしいけど、自分に矛先が向くのを恐れて誰も何も言えないんだよ。それに、元々は友達同士のグループだったし、あっちゃんと親しい子がクラスにいなかったから、誰もあまり親身にならないみたい」

入学直後の友達作りに大切な時に、ボクのせいでクラスに溶け込む機会を逃したんだ。ボクは、不本意な入部になってしまった自分の不運を嘆いてばかりいて、その後も泳ぐことにいっぱいいっぱいで、一番大切な友達のことを何も見てなかった。考えなかった。

あっちゃんの、あの面白くて明るい性格は、憎めないニコニコ顔は、きっと人気者になれたはずなのに。

ごめんよ、あっちゃん。

「何とかしよう！」

「どうすんの？」

「わかんないけど、何とかそいつらのグループからあっちゃんを引き離すんだ。あっちゃんが、クラスで楽しく過ごせるようにするんだよ」

「でも、先生に言ったら『チクった』って余計にいじめられたりしない？」

「だから…だから考えるんだよ。どうすればいいか、二人で考えようよ」

「…そうだね、わかったよ。あっちゃんのために」

「あっちゃんと、ボクらのために！」

マユミちゃんとアケミちゃんは屋上の遊具で遊んだり、ペットコーナーでペットを見たりして、ボクらの周りで遊んでくれていたので、夕方までショッピングモールの屋上であっちゃん奪還作戦を練ることに没頭できた。

だけど結局、いい案は浮かばず、ボクらは黙ったまま氷の溶けたジュースのコップを捨てに、ゴミ箱へ向かった。

マユミちゃんたちがボクらに気づいて、走り寄ってきた。

「帰るの？」

「うん、そろそろ帰ろうか。お父さんたちも帰ってくる頃だよ」

「お話、終わったの？」アケミちゃんがボクに訊いてくる。

深刻なボクらの様子が、小さい妹たちにも伝わったようだ。

「ううん、いい方法が見つからなかったの」

アケミちゃんは、ちょっとおませな感じに「どういう相談？」と言ったので、思わず笑って、正直に話してあげた。

「ボクらのお友達が怖いお友達の靴を汚しちゃったら、怖いお友達が怒って、ボクらのお友達に痛いことやダメなことをするんだよ」

「ふーん」アケミちゃんはちょっと考えると、パッと明るい顔になって、ボクらに言った。

「簡単だよ。怖いお友達に『ごめんなさい』すればいいんだよ」

いいなあ、子供は無邪気で。それで済むなら苦労はしないけどね。

「じゃ、トーテム、また明日」

「うん、あっちゃんのこと、考えとくよ」

ボクらは頷き合って左右に分かれた。

「じゃあね、グレコちゃん。また遊ぼうね」

アケミちゃんが最後に言ってくれたので、ボクの憂鬱は少しだけ軽くなった。


夏休み最後の週の部活動後も、ボクらは毎日話し合ったけど、結局何も考えつかないまま、二学期の始業式を迎えた。

「おはよー」教室に入っていくと、先に来ていたトーテムが「グレコ！　グレコグレコ、ちょっ、ちょっ、ちょっと！」と、すごく慌てた様子で、ボクの手を掴んで教室の隅に連れて行かれた。

「なに？　どうしたの？」

「あっちゃん、あっちゃんだよ、あっちゃんが…」

すぐさま隣の二組に走った。

何がどうしたのかわからなかったけど、あっちゃんの身に、大変なことが起こったのは間違いない。

二組の扉を開けると、異様な静けさの中にヒソヒソ声だけがしている。

と、教室の一角で「ヒュー」という声と、下品な笑い声がした。

目を向けると、ドラえもんのような背中を丸め、少し天パのどんぐり頭を周りに小突かれながら、囃し立てられている生徒がいる。

「似合うじゃん、なあ？」「ホントにやってくるとはね～」「ちょっとハクがついたから、今度はカツアゲもできるんじゃね？」

あの、見覚えのある丸い背中は、あっちゃんだ。

だけど…だけど…その上に乗っかった頭は、少し天パのどんぐり頭は…金髪だ。

「あっちゃん…」追いついてきたトーテムの、絞り出すような声が後ろで聞こえた。

「そうだよ、お前、今度はカツアゲしろよ」

金髪の頭を小突かれても、あっちゃんは何も言わずに俯いている。

でも、ボクにはわかった。あっちゃんのニコニコ目が泣いていることを。

「あっちゃん！」

ボクは二組の教室に飛び込んで行った。

あっちゃんはハッとした顔でボクとトーテムを見て、悲しさと安心が入り混じった、とても切ない顔をした。

「おい、何だよ、お前らはよぉ」あっちゃんを取り囲んでいた三人が、一斉に立ち上がった。

「あ、こいつら、デブと友達のチビとノッポじゃん。いつも一緒だったよな、なぁ？　デブ」一人が馴れ馴れしくあっちゃんの肩に手を回す。

あっちゃんは、びくっと身を縮めた。

それを見て、こいつらがあっちゃんにどんな酷いことをしているのか、言葉と力の暴力であっちゃんの心を縛り付けているのか、わかった。

こいつらは、絶対、あっちゃんの友達じゃない！

「やめろ！　あっちゃんから離れろ！」

頭に血が上ったボクは、三人に向かって突進して行った。

その瞬間、一番手前のヤツが、ボクの左頬に易々とストレートパンチを放った。生まれて初めてのパンチだ。

「始業のベルは鳴りましたよ…どうしたんですか！」

「グレコ！」「キャー！」

女子の悲鳴や先生の声を微かに聞きながら、ボクの意識は遠のいていった。


ハッと目が覚めると保健室のベッドに寝ていた。

「あ、気がついたんだね」

ちょうどトーテムが入ってきたところだった。ボクの鞄を持っている。

今日は始業式なので半日で終わる。と、いうことは、半日も気を失っていたのか。

「軽い脳しんとうだって。授業ないし、よく眠っているから寝かせとこうって、保健室の先生が」

半日も気絶してたなんて情けない…。

「今日は部活も休んでいいって。藤堂先輩が、家まで送ってやれって」

起きてベッドを直しながら「ごめんね、トーテム」と謝った。泳ぐことが大好きなのに。

口の中に鉄っぽい味が広がる。歯医者さんで麻酔をかけられた時のように喋りづらい。

「あっちゃんは？　どうした？」

ボクは一番気になっていたことを訊いた。

トーテムはどう言おうか迷っていたようだけど、「あいつらと一緒に帰ったよ」と、苦し気に言った。

ボクは、今までで一番無力感に打ちのめされた。

友達一人、助けられないなんて。

「ボク、情けないよ。ホントに情けない。今日ほど自分がイヤになったことはないよ」

両手の拳を握りしめて、怒りと悔しさにブルブル震えながら、声を振り絞った。

「そんなことないよ、グレコ。あの三人に、正面から向かって行ったのはグレコ一人だけだよ。たぶん、僕にもできなかったよ」

「…トーテム」

「あっちゃん、嬉しかったと思うよ。僕は、グレコの勇気が羨ましいよ」

今日のトーテムは、全然ピントがずれてなかった。

トーテム、君はほんとにほんとにいいヤツだ。

「ありがとう、トーテム」

ズズズッと鼻をすすって、こみ上げてきた涙を止めた。

そうなんだ。

泣いてる場合じゃない。

あっちゃんを取り返さなければ！

ボクはトーテムに家まで送ってもらい、ついでにボクの部屋で作戦会議をすることにした。女の子みたいにひ弱で泣き虫の、大事な一人息子が、顔を腫らして帰ってきたので、お母さんは腰を抜かさんばかりに驚き心配したが、設計事務所にしている一階から入ってきたお父さんは、ボクの顔を見て一瞬驚いたがニッと笑って親指を立てた。お父さん、何かいろいろと勘違いしていると思うよ。

「だけど結局、ボクは何もできなかった」

お母さんが麦茶と頂き物のお饅頭を持ってきてくれたあと、ボクはぽつりと言った。

お饅頭を食べるのでさえ、染みて痛い。痛いことに、また怒りが湧いてくる。

あっちゃんの、ボクを見た切ない目を思い出すと、胸が痛くなる。

「グレコのしたことは、無駄じゃないよ」

ボクが脳しんとうを起こした後のことを、トーテムは話してくれた。

ボクが倒れたのと、ホームルームで先生が入ってきたのが同時くらいだったので、最初は喧嘩だと思われたらしい。が、女子の何人かが殴られたいきさつを先生に言ってくれたらしく、例の三人とあっちゃんは、ホームルームのあと職員室に呼ばれ、ボクは一組の担任とトーテムに、保健室まで運ばれたんだとか。

職員室に呼ばれたあとの三人とあっちゃんの様子は、憶測と噂でしかないけど、学校側は、三人の素行には以前から注意を払っていたらしいが、厳重注意にとどまり、金髪にしたあっちゃんにも、即刻元に戻すよう注意されたそうだ。

学校ってやつは、いつも生徒や保護者の後から渋々とイジメを認めるもんなんだ。

「だけど」一通り聞き終わったボクは、ずっと心に引っかかっていたことを口にした。

「だけど、あっちゃんはあの三人と一緒に帰ったんでしょ？」

いや、厳密に言うと、三人に脅され連れ去られたんだ。でなければ、絶対、気を失ったボクの様子を見に来てくれるハズだ。

「何の解決にもなってないじゃん。学校側は三人のことは把握してるけど、イジメじゃないって思ってるんでしょ？　先生に注意されたくらいじゃ、あの三人、何とも思ってないよ」

ボクは憤慨した。学校は味方になってくれない。

「そうだけど…」トーテムは申し訳なさそうに目を伏せる。

違うんだよ。トーテムを責めてるわけじゃないんだ。

また、ショッピングモールでの会議に逆戻りだ。

あっちゃんを取り戻すために、ボクにいったい何ができるというんだろう。

ほっぺたを腫らしたボクのこまり顔は、悲壮感すら漂っていた。

ボクとトーテムが頭を悩ませ、眉間にしわを寄せている間も、学校生活は着々と進んだ。

散々な成績の中間テストが終わり、ビリから五本の指に入ったマラソン大会が終わり、顔で受けたボールの数の方が多かった球技大会も終わった。今は十月に行われる合唱コンクールに向けての練習が、各クラスで朝や放課後に行われている。

合唱コンクールが終わると、十一月の文化祭があり、目白押しだった二学期の行事もこれで落ち着く。

あれからボクとトーテムは、常にあっちゃんに目を配り寄り添おうとしたが、いつも三人組に阻まれ、そしてあっちゃん自身も、なぜかボクたちを避けるようになった。

　ボクたちはそのことにも落ち込んだ。

　合唱コンクールまであと二日後に控えた放課後、ボクは、メトロノームを借りに音楽準備室に向かっていた。

　音楽室と、それに続く音楽準備室は校舎から少し離れており、プールに近い方にある。

　すでに部活のプール練習は終了しており、今は陸上トレーニングに入っている。したがって、ボクはもう二週間近く泳いでいない。『二週間も泳いでいない』なんて、半年前には思いもよらなかったセリフだ。たった二週間なのに、ひどく懐かしい気持ちでプールの方を見やった。

　…ん？

　プールの手前に調理室があるのだが、その建物の陰に誰かいる。

　その後方はもう、学校の敷地に沿ってブロック塀があるだけなので、水泳部のプール練習が終わった今は、生徒には無用の場所のハズだ。

　あんなところで何をしてるんだろう、と、足を止めた。

　さらにじっと見ていると…あいつらだ、あの三人…そして、あっちゃんもいる。

　そっとプール側に回って見ていると、あっちゃんが三人に囲まれている。

「もうこれしかないよ。スニーカーの弁償は、とっくに終わってるでしょ？」

「ざけんじゃねーよ。利子だよ利子」

「払えねーなら、また万引きして来いよ」あっちゃんが渡した三千円をもぎ取るようにして威嚇する。

「万引きもカツアゲもイヤだよ。お金作るから勘弁してよ」

「母ちゃんの財布とか父ちゃんの背広とかあるだろうが。なんなら、あのチビとノッポに言えよ。一緒に作ってくれるんじゃねーの？　オトモダチでしょ？」一人がヒョイとあっちゃんの足を引っ掛けると、あっちゃんは見事に尻餅をついた。

ヒャハハ…三人が一斉に下卑た笑い声を上げる。

「グレコとトーテムは関係ないから関わらないで！　オレ、お年玉の貯金、全部下すから！」

ボクはもう、目の前が真っ赤になり、耳の奥でセミが千匹ワンワン鳴き、体中の血が逆流した。

「やめろ！　やめろー！　わーーーっ！」頭で考えるより先に、三人に向かって飛び出していく。

三人は一瞬ビクッとしたが、向かってくるのがボクだと知ってニヤニヤ笑いに変わった。

「何だよチビ、またやられたいのかよ」

ちきしょう、ちきしょう、わーーーっ！

闇雲に突進するボクの脇に、スッと割って入った影があった。

あ、トーテム！

「やめろよ。いま、先生を呼びに行ってるんだからな！　お金、巻き上げてるところも、暴力ふるってるところも、全部、見たんだからな！」

三人は顔を見合わせ、「チッ！」と舌打ちして、校舎の方へ逃げて行った。

あっちゃんは尻餅をついたまま俯いていたけど、「おい、デブ！」と三人に呼ばれると、ヨタヨタと立ち上がり、ボクらを一瞥もせず三人の後を追った。

「あ、あっちゃん！」ボクとトーテムは呼びかけたけど、あっちゃんは一度も振り返らなかった。

湧き上がるアドレナリンを抑えきれず、ギュッと拳を握りしめたまま「先生が来たら何て言うの？」と訊いた。

「あぁ、あれ？　ウソだよ。僕とグレコじゃ、ボコボコでしょ？」

トーテムはあの状況でも冷静に判断し、的確なウソを言えた。

それに引き換えボクは…ボクは…

「あっちゃんは、どうしてボクらに何の相談もしてくれないんだろう。どうして誰にも言わずに、助けてとも言わないんだろう」

ボクはずっと心にくすぶっていた疑問を、トーテムにぶつけてみた。

そりゃ、ボクらもあっちゃんの現状を知らずに自分のことでいっぱいいっぱいだったけど、今はあっちゃんの窮地も知り、何とかしなきゃと心を砕いている。あっちゃんだって、ボクらが手を差し出していることはわかっているはずなのに。

「あっちゃんは僕らに何も言えないんじゃないかな」

「そんな！　ボクら、そんなに頼りない？」

ボクらの方を見もせずに三人の後をついて行ったあっちゃんの後ろ姿を思い出しながら、ボクは情けない気持ちで握った拳の力を抜いた。

「うーん、そういうんじゃなくて…僕らのためっていうか…わかんないけど…」トーテムはうまく言えないもどかしさに、切ない顔であっちゃんが去って行ったあとを見ながら言った。

「ねえ、トーテム。本当に先生に相談してみない？　もう、ボクらの力ではどうにもできないよ」ボクもあっちゃんが去ったあとを見ながら言った。

もう、チクったとか言ってる段階ではない。

万引きやカツアゲまで強要され、お金まで巻き上げられている。犯罪じゃないか！

一刻も早く、あっちゃんを救出するんだ。

「うーん、そうだね。じゃ、あっちゃんのクラスの担任に言ってみる？」

ボクは、二組の担任を思い浮かべた。

若くて小柄な、現代国語の女の先生。

「ダメだよ。きっと、あの三人に注意するだけで、ヤツらに友達同士の悪ふざけだって言われたら、あの担任じゃ押し切られちゃうよ」

「そうだねぇ」トーテムも、二組の担任を思い浮かべたのだろう。軽くため息をついた。

「下チンは？」今度はボクが提案してみる。

正義感が強く、昔の青春ドラマに出てくるような熱い先生だ。

「でも、下チンは一年生を担当してないよ。下チンに話しても、結局は担任の先生に話を持っていくことになるんじゃないの？」

「そうかぁ」今度はボクがため息をついた。

「じゃ、学年主任の先生に言ってみる？」四〇過ぎの、線の細い神経質そうな英語の先生。クールで冷静沈着な雰囲気が、ボクには冷たく感じられて、あまり得意な先生ではないが、一年生の学年主任だし一番適しているんじゃないかと、ボクらはその足で職員室に向かった。

ボクとトーテムは、交互にあっちゃんの現状を訴えた。

「そうですか。話はわかりました」学年主任の先生は、紺色のハンカチで口元を拭いながらボクたちに言った。

「では、二組の担任に詳細を訊いた上で、四人にも話を聞き、注意・見守りを強化していきましょう」

ボクとトーテムは、耳を疑った。と、同時に、ひどく失望した。

結局は、担任の先生に話を持っていくだけで、学年主任としては、学校としては、何も直接に動いてくれないということだ。

注意・見守りだって？

そんなの、何の役にも立たないよ。

しかも、あの三人とあっちゃんをひとくくりにして考えている。

学校は、あっちゃんがイジメを受けているなんてことを認めたくないんだ。深刻な状況にあることをわかってないんだ。

あんなにあんなに考えて、ようやく学年主任に話したのに、これじゃ、何の解決にもならないじゃないか！


あれから一か月経っても、ボクは打ちのめされたままだった。

実際に、お金を巻き上げられていたあっちゃんを見たショック。何の役にも立たなかったボク。ボクらを振り返りもせず、あいつらについて行ったあっちゃん。そして、学校。

学年主任の言葉通り、ボクらの進言は二組の担任に報告され、担任は、学年主任の先生と共に四人に話を聞いたそうだ。四人一緒に。

言えるわけないじゃないか。

あの三人と一緒に訊かれたって、あっちゃんが自分の口から『いじめられてる』って言えるわけない。むしろ悪化するだけだ。

　現にあの三人のイジメは陰湿なものに変わったようで、クラスのみんなや先生の目には触れないような方法であっちゃんを支配している。

「どうしよう、トーテム」

　二組の生徒も見て見ぬふり、学校もアテにならない、だいたいあっちゃん自身、ボクらにはもう、助けも求めてこないし、最近ではわざと避けられてるみたいだ。

「この前お母さんがスーパーであっちゃんのお母さんとバッタリ会ったんだって」

「グレコんちのお母さん？　あっちゃんのお母さん、何か言ってたの？」

「ん。やっぱり家でも様子がヘンだって。最近は夜遅くに出かけたりするんだって。訊いても黙って出てっちゃうんだって」

　夏休み前頃から家での様子も変わってきたって。今まではうるさいくらいに喋ってたのに、今はほとんど喋らなくなったし、時々、家の中のお金が無くなってることにも、おばさんはうすうす気づいてるらしく、それとなく訊いてみても何も話さないそうだ。最近では、訊くと怒鳴ったりするから、見守るだけでどうしたらいいのかわからないって心配してるようだ。

「ツヨちゃん、学校ではどうなの？　最近一緒に遊んでないの？」

「うん…クラスも部活も違うから…」ボクは言葉を濁して答えた。

　ボクだって前みたいに一緒に笑い合いたいよ。

「夏休み明けに篤志君、金髪に染めちゃったんだって。一日で戻したらしいけど、その頃から特に荒れてきたって。ツヨちゃん、知ってる？」

知ってるよ。あなたの息子はそれが原因で殴られたんです。

「篤志君のお母さんは学校に相談に行こうかって思ってるらしいんだけど…」

「それはやめた方がいいよ！」

思わず強く言った。

学校に言ったってますますあっちゃんの立場が悪くなるだけだ。

「どうしたのよ、ツヨちゃん」急に立ち上がって大声を出したボクにお母さんはビックリし、お父さんが事務所から戻って晩ご飯になったのを機に、この話題はここで終わった。

「あっちゃん、家でも話してないみたいなんだ」

「家族に心配かけたくないんだろうね」

いっそ、おばさんに直接話しちゃおうかとトーテムと相談したこともあったけど、あっちゃん本人が親に言ってないのに、ボクらから言われるのはイヤだろうってことになった。

ボクもあっちゃんの立場なら、お母さんに言えないと思う。

そう、最近ではボクもわかってきた。あっちゃんの気持ち。

ボクらに助けを求めてこないのは、ボクらにまであいつらと関わらせないため。

家族に何も言わないのは、家族に心配かけたくないため。

だけど違うよ、あっちゃん。ボクらはもう関わっているし、家族も心配している。そのことをあっちゃんに伝える術が思いつかない。

何もかもが重い澱のように、日々、胸の中に溜まっていく。

あっちゃんは、それでも頑張って登校しているが、休む日も多くなっている。このまま不登校にでもなったらどうしようと、ボクらは気が気でない。

このまま学校に来なくなったら、あっちゃんとの接点はなくなってしまう。家にこもってしまったり、あいつらの仲間に引き入れられたりしたら、きっとあっちゃんは今よりもっとボクらを避けるだろう。

まだ、今なら、学校に来ている今なら、無理にでもあっちゃんに接触できるはず。

明日から二日間の日程で行われる文化祭で、学校全体が浮足立っている。

クラス単位、部活単位の展示物や飾りつけなどで、みんなは生き生きとしている。ボクとトーテム以外は。

「ちょっと小暮君、大浦君、サボってないで手伝ってよ！」女子から叱責されて、すごすごと二人でハリボテに色を塗る。

「あっちゃんさぁ…」口をついて出てくるのはあっちゃんのことばかり。

「うん…」

「明日、来るかなぁ」

「うーん…」そして二人で「はぁーーー」っとため息をつき、また女子ににらまれる。

第三中の文化祭には家族や地域の人も訪れ、毎年賑わう。

当日はボクの家からも、両親が来てくれた。

トーテムの家は、トーテムのお母さんと二人の小さな妹たち。

トーテムのお母さんは、丸顔でふわふわした雰囲気の可愛らしいお母さんで、二人の妹たちとよく似ている。トーテムはきっとお父さん似なんだと秘かに思う。

両家の親たちは初対面で大人の挨拶をしているので、二人の妹を連れて、ボクらは校内をぶらぶらとまわった。

あっちゃんも、あっちゃんちの人たちも、見かけない。来てないのかな。

「ねえ、怖いお友達に『ごめんなさい』した?」下の妹のアケミちゃんが訊いてきた。

「よく覚えてるねえ、でも、まだなんだよ」

「えー、まだなのぉ？　ダメだねぇ」アケミちゃんはおませにボクを叱った。

ホント、ダメだよなぁ、ボク。

トーテムが売店で買ったイチゴオーレを二人に渡している。ほんとに、面倒見のいいヤツだなぁ。

ふっと体育館の方を見ると…あ、あっちゃん！

あっちゃんが、一人で体育館に入って行くのが見えた。

「トーテム、あっち！」「ほんとだ。まだあっちゃん一人みたいだ」

あの三人の姿が見えないのを確認し、あっちゃんを追ってボクとトーテムも体育館の方へ足を向けた。

文化部の展示物は主に、体育館で催している。たぶん歴史部の展示も体育館で行っているのだろう。

よかった、あっちゃん、文化祭には来たんだ。

と、あの三人も体育館に入って行くのが見えた。

ボクは慌てて体育館に走った。

あっちゃんはまっすぐに、歴史部のブースに歩いていく。

あの三人は、まだあっちゃんに気づいていないようだ。ぶらぶらと体育館の中をぶらついている。

よし、今のうちだ。今のうちにあっちゃんを確保しよう。あいつらに会わせないように。

「あっちゃん！」腕を掴まれ振り向いたあっちゃんは、ボクを見て一瞬驚いた顔をした。

「グレコちゃーん、待ってぇー！」

「マユミ！　しぃー！　しぃーっ！」追いかけてきたトーテムは慌てて妹の口を塞ぐが、遅かった。

ボクらに気づいた三人は「よお、デブ。今日は来てたのか」ニヤニヤ笑いながら、ボクとあっちゃんを取り囲んだ。

「デブ、ちょっと相談があるんだけど、一緒に来いよ」「やめろ！　行くなよ、あっちゃん！」

ボクはあっちゃんの前に立ちはだかったが、髪の毛を掴まれて、いとも簡単に引き離された。

「やめてくれよ！　こいつらはオレとは関係ないんだ。だから手を出さないでくれよ！」

あっちゃんがボクに覆いかぶさった。

「あ、グレコちゃん！　何すんのよ！」倒されたボクを見て、アケミちゃんがかかって行く。

「うっせーんだよ、このガキ！」ドンッと衝かれてアケミちゃんが尻餅をついてしまった。

「ちょっと、妹に何すんのよ！」普段おとなしいマユミちゃんが、三人に詰め寄る。

「謝りなさいよ！　謝りなさいよ！」

「マユミ、アケミ、やめるんだ！」

「悪いことしたら謝るんだよ！　ごめんなさいするんだよ！」

……簡単だよ、ごめんなさいすればいいんだよ……。

そうか。

ボクはマユミちゃんたちの手から落ちて転がっていたイチゴオーレの口を開けて、自分の頭からドポドポかけた。

　制服の白いシャツがピンクに染まり、体中からイチゴの甘い香りがした。「きゃあ！」「やだ、何、どうしたの？」ボクらの周りに人だかりができた。

「ごめんなさい。君のスニーカーにコーヒー牛乳をこぼして、ごめんなさい。これで赦してください。もう、あっちゃんを解放してあげて」

　三人はもちろん、集まった人たちも、呆気にとられてしんと静まり返っている。

　ピンクに染まったボクに唖然としていたあっちゃんも、もう一つのイチゴオーレを拾って頭からかぶり「すみませんでした！」深々と頭を下げた。

　トーテムも、ボクらと並んで頭を下げた。

「もうやめろよ、お前ら」「そうよ、やり過ぎよ」その場に居合わせたあっちゃんのクラスの何人かが、ボクらの前に立って言ってくれた。

「おい、君たち、何をしているんだ？」何人かの父兄が騒ぎに気づいて近寄ってきたところで、タイミングよく、尻餅をついたままのアケミちゃんが泣き出した。

「ごめんなさいしたら仲直りしなきゃダメなんだよ」泣きじゃくりながら、アケミちゃんがトーテムの後ろに隠れて言っている。

　自分たちの周りにできた人垣に気圧され、小さな子の泣き声と非難の目で見る大人たちにいたたまれなくなったのだろう。「チッ、なんかシラケちゃったよ」「もういいよ、デブ。お前最近めんどくせーし」そう言い捨てて、きまり悪そうに体育館から出て行った。

あっちゃんのクラスの女子がハンカチを差し出してくれた。

「ここ、片づけとくから、体操服に着替えてこいよ」やめろと言ってくれた男子が、あっちゃんの背中を押してくれている。

よかった、あっちゃん。

教室もクラス展示で使っているので、あっちゃんを連れて水泳部の部室に行った。

着替える前に水道で頭を洗ったので、髪はビショビショだ。

「うわ、寒っ」あっちゃんは着替えながら派手にくしゃみをした。

「ボクらは平気だけどね。ねぇ、トーテム」

「うん、全然」

「お前らすっかり水泳部体質だな」

へへへ、フフフ、アハハハ。

ボクら三人で笑い合ったのって、何か月ぶりだろう。

ボクは嬉しくて嬉しくて、涙がこぼれた。

あっちゃんの三日月目も、涙で光っている。

トーテムも、鼻をグスグス言わせて「やっぱ、寒いや」と、頷いている。

これからもあの三人は、あっちゃんに絡んできたりするのだろう。

でも、もう大丈夫だ。きっとあっちゃんは元のあっちゃんに戻って、毎日ニコニコ笑っていられるだろう。

それに、ボクらだってもう黙っちゃいない。あっちゃんを傷つけるものには全力で立ち向かってやる！

「お兄ちゃん、またイチゴオーレ買ってぇ」外からアケミちゃんの声がする。

よし、今度はボクら三人で買ってあげるよ。

散々な結果の期末テストが過ぎ、水泳部が暇な冬休みが終わり、三学期に入ると高校入試や卒業式の練習で、校内には落ち着かない雰囲気が漂っている。

三年生は各校の入試などで登校する人も少なく、閑散としている。

卒業式の近づいた放課後、掃除当番でゴミを抱え、収集場所に行こうと二階の渡り廊下を歩いていると、真下、ちょうど収集所の手前に藤堂先輩とグンジ先輩が話しているのが見えた。

あ、今日は藤堂先輩、登校しているんだ。

声をかけようと、渡り廊下の窓を開けた。

「…ずっと…ったら…くれないかな…」

北風に煽られて、藤堂先輩の声が切れ切れに聞こえてくる。

二人の、いつにない雰囲気に声をかけそびれていると、グンジ先輩が何かを言って頭を下げた。

二人は短くやりとりして、小さく手を上げた藤堂先輩は小走りに行ってしまった。

何を話していたんだろう。

ハッキリとはわからなかったけど、ボクの心臓はドキドキした。

その時、一人残ったグンジ先輩がふっと上を見上げ、ボクと目が合うとひどく驚いた顔をし、声をかける間もなく走って行ってしまった。

ボクはとても狼狽えた。

グンジ先輩が泣いていたから。

中学二年

人生をかけた重大な憂鬱なんだ！

短い三学期を終えると、ボクらは二年生になった。

クラス替えがあり、ボクらは三人とも別々のクラスになってしまった。ボクは二組であっちゃんは三組、トーテムは五組だ。

水泳部には、また新たに新入部員が入ってきた。

今年の一年男子は四人とも、第一希望で入部したらしい。

泳力、泳法を決める時も、四人とも素晴らしく速く、きれいに泳いだ。もちろん、横泳ぎをするマヌケなんていないのである。

二年、三年の現水泳部員は拍手喝采で「今年は上位入賞、あるかもー」なんて、手を取り合って喜んでいる。

下チンも「今年はすんなり決まったな」と、ボクを見て笑ったので、一年前の自分を思い出し「いや、その話はもう無しで…」ゴニョニョとごまかし、みんなはクスクス笑っていた。

グンジ先輩を横目で見ると、みんなと一緒に笑っている。

あれからグンジ先輩を見ているけど、特に変わった様子もなく、いつもと同じに見える。

けれどボクは、グンジ先輩を見るたびに、あの切ないような泣き顔を思い出す。そしてボクも、泣きたいような気持ちになるんだ。

グンジ先輩と話してみたいけど、自然に声をかけられない。

もう、明日から実力試験の一週間前で、部活もしばらく休みになるというのに……。


困った困った。

ボクのこまり顔をさらに印象付ける、薄い色の八の字の眉根を寄せて、俯き加減に歩く。

いつもより一時間も早く家を出たボクは、自分の意思のなさを、今さらながら恨んでいた。

二年生になって初めての実力試験の朝。

この季節の早朝は、なんて気持ちがいいんだ。風も爽やかで、小鳥のさえずりも軽やかだ
…なんて清々しい気持ちは微塵もなく、競歩のように、ひたすらアスファルトの上を右、左、右、左と動く自分のスニーカーのつま先を見ている。

昨夜は夜遅くまで起きて、今日の化学のテスト範囲をしておくつもりだった。

今日の試験は保健体育、英語、化学だ。

保健体育のペーパーテストなんて、まぁ、あってないようなもの（体育の先生、ごめんな

さい）なので、問題は苦手な英語だ。

昨日はいつになく、みっちり英語の試験範囲を勉強した。

我ながら、まあまあイケるんじゃないかと思う。ボクの思うまあまあは、七〇点超えたらラッキーってところだが。

で、そのあと化学の試験範囲にも目を通しておくつもりだったのに、英語が済んだ時点で一二時過ぎていて睡魔に勝てず、「ま、いっか」と、悪い癖が出てしまい、寝てしまった。

それでもいつもより一時間以上も早く目が覚めてしまったということは、心の隅に『ヤバいぞ』という気持ちがあったからか。

飛び起きてすぐに机に向かったが、気持ちばかり焦って化学式が頭に入らない。

よし、幸い（なのか？）一時間以上も早く起きたんだし、学校に行って試験勉強しよう。

顔を洗って制服に着替えている間に、少しは頭も動き出した。

猛ダッシュで支度をして、玄関でスニーカーを履いていると「ツヨちゃん、もう行くの？」と、お母さんがキッチンから顔を出して言った。「お味噌汁、もうできるわよ」「ごめん、今日はいいや。学校に行って勉強するから」靴を履きながら顔も上げずに答えると「あらぁ、二年になって張り切ってるわねぇ」と嬉しそうに言い、「これ、飲みながら行きなさい」と、ヤクルトを渡してくれた。

お母さん、ごめんなさい。やる気が出たんじゃなく、やる気がなくて眠っちゃったからなんです。

心の中で謝りながら、空になったヤクルトの容器を正門前の自販機のゴミ箱に捨てる。学校正面の大時計は七時〇五分を指していた。

「よし、試験勉強する時間はたっぷりあるぞ」今日はいつもよりうんと軽い鞄をヨイショと掛けなおし、教室の扉を開けると、隣の席の本城君がいた。

「あれ？ ボクが一番乗りだと思ったよ。早いね」

「あ、俺も今着いたところ…試験勉強してなくってさ、学校でやろうと思って」本城君はえへへと笑い、英語の教科書を出していた。

「ボクも昨夜やろうと思っていたのに寝ちゃってさ…ボクは化学なんだ」

二人でえへへと笑いながら、各々の勉強に取り掛かった。

三〇分ほどすると、いつもより早めに来たクラスメイトたちが「おはよう」「早いね」と、登校してきた。

試験は滞りなく保健体育が終わり、二教科目の英語の試験が始まった。

昨夜やった英語の試験勉強は、自分で言うのもなんだけど、上出来の仕上がりだ。あとはヤマが当たってくれれば七〇点以上も夢じゃない。…低い夢だが…。

始業ベルが鳴り、一斉に問題用紙を裏返す。

まず名前を記入して…「よし！」ヤマが当たった！

本城君も隣で小さくガッツポーズをしている。ヤマが当たったんだな。チラッと横目で見ると、本城君も気づいてボクに向かって小さく笑った。

ボクのヤマも七割は当たっている。

早く出てきた甲斐があったね。ボクは心の中でつぶやき、本城君とボク自身にエールを送った。

次の化学もあまり難しい問題はなく、そこそこのできばえだったと思う。

帰り際、本城君が「どうだった？」と声をかけてきた。

「化学、全然勉強してなかったから焦ったけど、思ったほど難しい問題が出なかったから、まぁ大丈夫だと思うよ。本城君は？」

「俺も今朝やったところが出て小躍りしちゃったよー。ま、化学は楽勝だからさ」そうだった。本城君は化学部だった。

「あ、じゃあ…これの化学式は？」「これは…こう…こう、で、これと化学反応して…こう」「あ、よかった、あってた」「じゃ、大丈夫だよ。今回のテストで一番難しいところだから…じゃ、英語でこれの和訳は？」「ボクはこう答えたよ。この単語と次の単語が重なると…この意味になるから」「あ、よかったー。そこ、今朝なんとなく覚えてたところだ」「よかったよね、お互い早く来て」「おう！」本城君は嬉しそうにボクとハイタッチして帰って行った。

教室には明日の試験勉強で残っている生徒が一〇人ほどいたが、ボクも早々に教室を後にした。

明日は現代国語と、社会だ。

四日間の実力試験も終わり、学校には通常の、ややだらけたムードが漂っていた。

各教科ごとの答案用紙も返却され、みんなはそのたびに一喜一憂した。

英語の時間、答案用紙が返ってきた。

ボクは秘かに期待していた。

今まで英語は苦手だったけど、今回初めて手応えを感じた。

文法も空欄はなかったし、和訳に至ってはスラスラ解けた。

返ってきた答案用紙をそっと見ると…「やった！」八八点！　今までは六〇点台をウロウロしていたのに。七〇点で大喜びしていたのに。いきなり八八点！

横を見ると、本城君も嬉しそうにしている。

「どうだった？」「え、うーん、まあ付け焼刃にしてはよかったかな」と、まんざらでもない顔つきで、自分の答案用紙を見せてくれた。

「あ、一緒だ、ボクも八八点だったよ」見ると、和訳と英訳で若干の違いはあったが、○×問題と文法はほぼ一緒だった。

「へー、二人とも同じようなところにヤマ張ってたんだね」「早く来てよかったー。神様は見てるねー」ボクらはまたハイタッチをして、二人の健闘を称え合った。

全員に答案用紙を返し終わると、「小暮君と本城君は、放課後に職員室に来てください」と、英語教科の山本先生が言った。

ボクと本城君は「何だろう」と顔を見合わせたけど、それでも嬉しさがこみ上げ、二人とも笑顔のままうなずいた。


「そんな！　何でそういうことになるんですか！」

「そうですよ！　たまたま同じ点数をとっただけで、そんな風に言われるなんて！」

ボクら二人は猛然と抗議した。

「だけどね、ほら。二人の回答を見比べると、ほぼ同じなんですよ」表情を変えない話し方と、静かな口調がかえって嫌らしい。

山本先生は、一年の時の『あっちゃんイジメ事件』で、何の解決もしてくれなかった先生で、そのまま持ち上がり、今は二年の学年主任だ。

もちろんあの時の印象もあって、ボクの中では苦手ランキング一位の先生だ。

「和訳などは文章もほぼ一緒ですし、特にここ、写しやすい○×問題と文法は全問同じですね」

和訳の文章なんて教科書に載ってる文章なんだから、同じ文章になるのはボクと本城君に限らず多数いるだろう。

「だからって…偶然ですよ。写しやすいって、決めてかかった言い方しないでください」

山本先生はボクらの言い分には耳を貸さず、「それにクラスの数人にそれとなく訊いてみたところ、二人はあの朝揃って早く登校したそうですね」

山本先生は、すでにカンニングと決めてクラスのみんなに調査しているんだ。

ボクは全身が熱くなった。

「それも偶然です！　それに本城君は英語の試験勉強で、ボクは化学の試験勉強のために早く行ったんです！」

「ふーん、偶然ねえ…」ボクら二人を交互に見ながら、口元を茶色のハンカチで拭う。

「こう言ってはなんですが、小暮君は今まで英語のテストで七〇点が最高でしたね。平均点は六二点…えーと、本城君の方が少し上か、平均六八点…」手元のファイルをパラパラと繰りながら独り言のように言う。

ボクは悔しさと恥ずかしさと怒りがごちゃ混ぜになり、何か叫びたいんだけど、怒鳴ってやりたいんだけど、頭が真っ白になって言葉が出てこなかった。

本城君も隣で俯き、ブルブル震えていた。

怒りと失意で呆然としながら帰宅すると、学校側からすでに連絡が入っていたようで、ボクはお母さんに呼ばれた。

ダイニングテーブルの定位置に座っていたお母さんは、自分とボクの前にお茶を置いて、ゆっくり一口すすった。

「…で、どうなの？」お母さんは静かに訊いた。お湯のみを持つ手が微かに震えている。

ボクがお母さんを秘かにエライと思うのはこういうところだ。

お母さんに限らず、お父さんも、まず、ボクの話をきちんと聞いてくれる。まず、ボクを信じてくれる。

ボクは絶対にやっていないと言った。先生が指摘する『カンニングに疑わしいところ』はすべて偶然で、それは本城君も同じことだと。

ボクは試験勉強をするために朝早く学校に行って、そうしたら偶然、本城君も早く来て勉強していて、頑張って勉強したところが出題されて、今までにないいい点数がとれて嬉しかったし、お父さんやお母さんも喜んでくれると思っていたのに、こんな疑いをかけられてとても悔しい、と。

お母さんは一〇〇パーセント、ボクを信じてくれた。

何より「自分の息子はカンニングなんて卑劣なことをするような人間ではない。そんな風に育てていない」と、キッパリ言ってくれた。

ボクはお父さんにも、お母さんに言ったことと同じことを言った。

一生懸命に受けたテストでいい点数がとれたのに、それを実力として評価されずにカンニングと思われたことが悔しいと。

普段より点数が良かったことがかえって疑われてしまうことになったのか。じゃあ、頑張らない方が良かったのか。眠い目をこすり、朝早く試験勉強をするために登校したことがバカみたいじゃないか。

「いつも頑張らないのに、たまに頑張ったからこんな目に遭うんだ。やらなきゃよかった…」ボクは言いながら悔しくて情けなくて、涙が出てきた。

「そんなことない。そんな風に思っちゃいけないわ。生徒にこんなこと言わせるなんて…明日学校に行ってくるわ。先生と話してくる」お母さんが言った。

「一人で大丈夫か？　俺も行こうか？」

「平気よ。いきなり両親で乗り込んで、モンスターペアレントみたいに思われても悔しいじゃない。冷静に話す自信、あるから」

次の日、雨降りの中、お母さんは四時頃に学校に来た。

当事者であるボクと本城君は同席せず、本城君のお母さんとボクのお母さん、担任、山本先生と校長とで話し合ったそうだが、カンニングをしたという決定的証拠も、していないという証拠もないので、話は平行線だったようだ。

話し合いの結果が気になり、一緒に帰ろうと窓ガラスに当たっては流れていく雨粒を暗い気持ちで見ながら待っていたが、下校時間が過ぎても話し合いは終わる気配がなく、ボクは一人で帰った。

雨の中、お母さんが帰ってきたのは七時を過ぎていた。

「話にならないわよ！」お母さんはかなり頭にきていた。

夕食を作る気にもならないと、お父さんは宅配ピザにデリバリーの電話をかけさせられている。

「あの学年主任の山本先生っての？　なぁーんか粘着質で見下したような言い方をするのよね」

ボクとお母さんの感性は、どうやら同じらしい。

「ツヨちゃんの今までのテストの点数とか平均点とか言って、今回だけこんな点数はおかしいと思っていたら、隣の席の本城君も同じ答案だったんですよ。これは偶然でしょうかね、だって！」わざわざ山本先生の口調をマネして、口元を拭う仕草までしている。「生徒をデータでしか見ていないのよ、あの先生は！」お母さんは興奮してカリカリしている。ピザを食べるスピードがとっても速い。

「しかも、しかもよ？　クラスの数人に当日の様子とか聞いたって言うじゃない。二人が早く登校していたとか、テストが始まったら目配せしていたとか、テストのあとでハイタッチしていたとか…まるで二人のカンニングの証拠固めみたいじゃない」

ボクは今日の教室内での様子は黙っておこうと思った。

たぶん、先生が何人かに訊いて回ったことで、ボクらにカンニング疑惑があることが広まったらしい。そんなこと思ってもみなかったけど、改めて訊かれると「そう言えばこんなことしてた」とか、「今から思えばあれが怪しい」など、みんな後付けで思うんじゃないか？　そういう不用意なことを学校側がやってくれたわけで、今日一日、みんなの態度がおかしかった。

朝の「おはよう！」も自然な感じじゃなかったので「あれ？」とは思ったが、休み時間も誰も話しかけてこないし、ボクや本城君が教室に入るとシンとするし、目が合っても不自然に逸らされるし…。

ああ、そういうことか…と気づくのに、時間はかからなかった。

ボクは今日一日、途方もなく長い時間を過ごし、途方もなく憂鬱な気分で過ごした。

「下手なやり方、やったよな」聞こえよがしに言う人もいて、こんなことなら本当に、頑張って勉強なんかしなきゃよかった。

ボクは翌日も憂鬱な気分で登校した。できることなら、休みたい。

唯一、部活の時間だけが救いだ。

「なんか、面倒なことになってるんだって？」ビート板でキックの練習をしていたボクに、トーテムが訊いてきた。

別のクラスになったトーテムのところまで、カンニング疑惑事件は広まっているらしい。

ボクの憂鬱はどんどん増殖していく。

ボクはビート板を手にしながら、ざっとかいつまんでコトの次第を説明した。

「こんなことになるなら、試験勉強なんて頑張らなきゃよかったよ」はぁーーー…と、大きなため息をつきながら言った。

「そんなことないよ。そんな風に思っちゃいけないよ」トーテムはお母さんと同じことを言った。

「グレコが頑張ったり、一生懸命やったことは、全部グレコの実になっているんだよ。僕たちは今、たくさんの実をつけている最中なんだよ。一生懸命努力したことは、自分の実力になるんだ。去年、グレコが教えてくれたんじゃないか、背泳ぎで」

トーテム…そんな風にボクのことを見てくれてたんだ。

「グレコはさ、カンニングなんて卑劣なことするヤツじゃないよ。みんな知ってるよ。一生懸命した結果だ、グレコの実力なんだってことを、先生に証明すればいいんだよ」

その夜、ボクはずーっと考えていた。

自分の実力を証明する。

どうやって？

ほんとにボクは勉強したんだ。

まぁ、ヤマが当たったってのもあるけど、でも、いつもは途中で止めちゃう文法や和訳も、ここまではと自分で決めた範囲まで頑張ったんだ。だから次の日、本城君に訊かれた時も、スラスラ答えられたんだ。

そういうことが、トーテムの言う『実をつける』ってことなんだろうか。

ずーっとずーっと、ベッドに入っても、ボクは考え続けた。


次の日、ボクは学校で本城君に自分の考えを相談してみた。

本城君もボクと同様に、みんなから距離を置かれている。といって、ボクと本城君が二人でつるむこともなく、どちらかと言えばボクと本城君もあれ以来、お互いをなんとなく避けていた。

二人で一緒にいると、認めたようで悔しかったんだ。

たぶん本城君も同じように思っていたのだろう。ボクが「ちょっといい?」と言った時も、警戒するように「なに?」キョロキョロと周りを気にしていた。

ボクの提案を聞いた本城君は、最初「え、また?」とか「面倒くせぇよ」とか言っていたけど、この疑いは自分たちで晴らさなきゃならないんだ、噂が消えるまで息をひそめている気か? と、ボクに説得されて、だんだんとその気になったようだ。

「本城君だって、あの時の試験勉強は自分の実になっているんでしょ? 自分の実力を、カンニングだって思われてていいの？」

最後には二人で大きく頷き合って、そのまま職員室へ直行した。

「失礼します！」ボクら二人は大きく声をかけ、職員室へ入って行った。

職員室内にいた先生方が一斉に振り向く。

カンニングの件は、先生方にはすでに周知の事柄だ。

その当事者二人が勢いよく入ってきたのだから、みんな何事だ？という顔でこちらに注目している。

まっすぐに、山本先生のところへ二人で進む。

「何事ですか？　二人揃って」山本先生は、広げていた黒い手帳を閉じ、ボクと本城君を見上げる。

たぶん、二人でカンニングの件を謝りに来たとでも思っているんだろう。精一杯寛容な顔つきをしているのが腹立たしい。

「もう一度、ボクらに英語のテストをしてください」

その、偽物の寛容が貼りついた顔を正面からまっすぐに見据えて、ボクらは言った。

無表情な顔に戻った山本先生は、たっぷり一〇秒間、じっとボクらの顔を見た。頭の中でボクらの言った言葉を咀嚼しているようだ。

ゆっくりと、ペイズリー柄のハンカチで口元を拭い「校長先生と相談してみます」とだけ言った。

夜、ボクの話を聞いた両親は「そうか、そうか」と、大きく何度も頷いた。

本城君のお母さんからも電話がかかってきて、母親同士「そうなんですよ」「そうですよねぇ」と、三〇分も盛り上がっていた。

電話の後、テーブルに戻ったお母さんは「ツヨちゃん、本城君に『頑張ってやった試験勉強は本城君の実になっているはずだ』って言ったんだって？　本城君、それで報われた気持ちになったんだって。本城君のお母さん、とっても喜んでいたわよ」そう言って、ギュッとボクの肩を抱いてくれた。

ボクは嬉しかったけど照れ臭かったので「やめてよ」と手を振りほどき「それ、ボクもトーテムに言ってもらったんだ。一生懸命努力したことは、自分の実になるんだって。だから勉強しなきゃよかったなんて、言っちゃダメだって」

「そうか。いい友達を持ったな、剛」

ボクはボクの友達を褒めてもらえて、とても嬉しかった。

ボクと本城君の親が学校から呼び出されたのは、二日後だった。ボクと本城君と、ボクらのお母さんたちの四人は、校長室で校長先生と山本先生、担任の先生の七人で向かい合った。

「小暮君と本城君から再試験の希望を出された件を職員会議で話し合った結果、再試験を行う方向で決まりました」校長先生は、ボクら四人に向かって言った。

ボクと本城君はホッと緊張を解いて、よしっと顔を合わせた。

「ただ、判っていただきたいのは、あくまでも今回の措置は特例ということで考えていただきたいのですが…」

ん？　どういうことだ？

「今回、再試験を行うというのは非公式であって、今回のようなことがまかり通ってしまうと、例えば不正を働いても再試験をしてもらえるんじゃないかと考える生徒や父兄が出てきても困ることでして…」

「ちょっと待ってください！　では、先生方は息子たちの不正を前提として考えているんですか？　私たち親が出てきたもんだから、仕方ない、もう一度試験を受けさせよう、そうお考えなんですか？」「カンニングしたかどうかの証拠がないと、そちらが言うから、もう一度試験を受けて白黒ハッキリさせようと言ってるんじゃないですか！　その言い方では試験を受けようが受けまいが、息子たちにはもう、カンニングをしたというレッテルが貼られたままじゃないですか！」

ボクのお母さんや本城君のお母さんは、口々に抗議をした。

担任は困り切った顔でオロオロし、校長先生は苦り切った顔に、山本先生は無表情のまま黙りこくった。

「納得いきません！」「ＰＴＡ総会にかけます！」お母さんたちの怒りは収まりそうにない。

「…あの…」ずっと黙っていた本城君が、お母さんたちの剣幕に圧倒されつつ口を開いた。

全員の視線が本城君に集中する。お母さんたちも口をつぐんだ。

「あの…本当に勉強してとれた点数なのに、疑われて、みんなにも変な目で見られて、学校生活にやる気が無くなっていました。けど、本当に勉強したんだから、そのことは僕らの実になってるって小暮君に言ってもらって、僕は自信が持てました。もう一度試験をしてもらってこの前の点数がとれたら、カンニングの疑いを解いてくれませんか？」

つっかえつっかえ、本城君は必死で訴えた。

「非公式だってなんだっていいんです。努力して勉強したのに、それをウソだと言われることが悔しいんです」ボクも精一杯の言葉で訴えた。

「先生方はこの数日、息子たちがどういう心境だったか想像していただいていますか？」

さっきの剣幕から一転して、ボクのお母さんが静かな口調で言った。本城君の訴えに、冷静になれたんだろう。

「うちの息子はカンニングを疑われた夜に、夫と私に『絶対やっていない』と言いました。親ばかかもしれませんが、夫も私も息子を信じました。けれど息子は『こんなことなら一生懸命に勉強なんてするんじゃなかった』と言いました。先生、あなた方の指導で息子はそんな風に考える子供になったんですよ」

校長先生は黙って聞いている。

「息子は私たちが、いくらそんな風に考えちゃいけないと言っても、普段やらない勉強を一生懸命やったから馬鹿を見たって。それを諌めて自信をつけさせてくれたのは私たち親でも学校でもなく、息子の友達です。友達が『一生懸命したことはすべて身に付くんだ。今はたくさんの実をつけるために努力しているんだ』と言ってくれて…」

「それを小暮君はうちの子にも言ってくれたんです」本城君のお母さんが言った。「うちの子もカンニングの一件以来ふさぎ込んでいるし、何もせず投げやりだし…」本城君のお母さんは、後の方は涙声になって俯いてしまった。

「息子は口にしませんでしたが、たぶんクラス内でも噂が広がり、居づらかったんじゃないかと思います。カンニングの噂を不用意に広めてしまったのは、先生方ですよ！　毎日学校に行くのが辛そうで…そんな息子に声もかけてやれませんでした。親として、失格です」

お母さんは、ボクのクラス内での居心地の悪さをわかってくれていたんだ。

「そんな辛い状況でも自暴自棄にならず、自分で打開策を見つけ出し、前に進もうとした息子を、私は立派だと思います」

「私も息子を誇らしく思います」

校長室の中はしーんと静まり返り、誰も口を開かなかった。

担任の若い女の先生は、目と鼻を真っ赤にして涙を堪えている。

ゴホホン…校長の咳払いが静けさを破った。

「お母さん方、よくわかりました。本来ならば学校側が排除しなければならない行為を学校側がしてしまい、学校側が指導しなければならないことを、生徒にさせてしまったようですね。私たちは、カンニングをしたという色眼鏡で見ていました。上っ面のデータだけで判断し、生徒一人一人の顔を見ていなかった。小暮君、本城君、申し訳ないことをしました。試験を受けていただきます。カンニングの汚名をそそぐということだけでなく、君たちの努力が実を結んだということの証明として、ぜひ、高得点をとってください。そして他の生徒に、努力したことは実力になるということを教えていただきたい」

……ほーーーー……。

ボクと本城君は、張り詰めていた緊張を、肺の中の空気と一緒に一気に吐き出した。

再試験は、二日後の放課後。

ボクと本城君は教室の両端に座り、試験を受けた。

ボクたちが再試験を受けるという噂は広まっていて、試験の前には何人かのクラスメイトが「頑張れよ」と言ってくれたし、トーテムやあっちゃんは心底応援してくれていた。

ボクは、新学期が始まってからこっち、ずっと英語ばかり勉強している気がする。

あれほど苦手だった英語が、なんだか最近よくわかるようになってきた。

こういうのを怪我の功名というのだろう。

再試験も先日の試験と同じくらい解けて、手応えは感じた。

本城君も「まあまあ自信はある」と言う。

ボクも初めて、答案用紙が戻るのを待ち遠しく思えた。

結果は、本城君は九一点、ボクはなんと、九六点だった。

九〇点台なんて、全教科併せても人生初だ。

ボクは戻ってきた答案用紙を何度も眺め、心の底から嬉しさとか、自信とか、何かすごく大きな感情が沸き起こり、うぉーーーーッと叫びたい気分だった。

見ると本城君も、目を赤くしてボクを見ている。

ボクと本城君は無言で何度も頷き合い、足を踏み鳴らし、机を叩き、ピョンピョン飛び跳ね、いつの間にか「やったー！　やったー！」と叫んで肩を組み、グルグルと回っていた。

校長先生と山本先生が入ってきて、「君たちは『努力は実になる』ということを身をもって教えてくれた。そんな大事なことを私たちは忘れていました。気づかせてくれてありがとう」と、頭を下げた。

ボクたちはそれだけで満足だったのに、次の日のホームルームの時に、担任の先生が、ボクと本城君の試験の結果を報告し、学校側の配慮の足りなさを謝ってくれた。

ボクと本城君は恥ずかしさと嬉しさで真っ赤になって俯いていたけれど、みんなは点数を聞いて「すごい！」と、拍手をしてくれた。

ボクと本城君は、自分の力で無実を勝ち取ったんだ。

すごくすごく嬉しくて、ボクの気持ちを奮い立たせてくれたトーテムに「ありがとう！」って伝えたんだけど、トーテムはキョトンとして「そうなの？」と言っていた。「だってグレコは初めっからそういうヤツじゃん」って。

あっちゃんも、隣で思いっきりのニコニコ顔で笑っている。

お父さんに言われるまでもなく、ボクは心底知っている。

本当に、いい友達を持てたなって。

ボクのカンニング疑惑も収まり、ようやく身を入れて部活動に専念できる。

とは言え、心配事が無くなれば、また思い出すグンジ先輩のあの泣き顔…。

あの風の強い日の、渡り廊下で見かけたグンジ先輩と藤堂先輩。

あの日の光景が頭に浮かぶたび、ボクはわけのわからない憂鬱に支配される。

トーテムにあの日のことを話してみようかとも思ったけれど、こんなこと、きっとグンジ先輩も言ってほしくはないだろうと、誰にも言わずに黙っていた。

それにトーテムは最近、同じクラスの井上さんという女子のことが好きになったようで、「彼女がこっちを見た」とか「今日、名前を呼んでくれた」とか、そんなことで頭がいっぱいになっているらしい。

おっさんのようなトーテムの顔が、乙女のように恥じらいで染まるのを見るのも、ほほえましいような、笑っちゃうような、見ちゃいけないような気にさせられるのだけど。

驚くほど色白の井上さんは、いつも髪の毛を二つにきっちりと結わえている。顔が小さく、ついでに目も鼻も口も、全体的に小作りで、話の中心にいるのを見たことがないってくらい、どちらかと言えば存在感の薄い女子だ。

なぜトーテムが、そんな極端におとなしい井上さんを好きになったかというと、三日続けて教科書（しかも違う教科の）を忘れて、隣の席の井上さんに見せてもらったそうで、その際、いつもトーテムが見やすいように教科書を置いてくれたそうで。「その、黙って教科書を押しやってくれる優しさが好きだなーって…」と、はにかんで言うトーテムも、見ようによってはかわいいよ。

そんな井上さんとボクは図書委員で一緒で、月一回、図書の貸し出し当番をしている。

トーテムは、彼女と毎月放課後を一緒に過ごせてうらやましいと、図書委員の日はいつもぐずぐずとボクの周りにいるので「早く部活に行けよ」と、追い払うのに苦労する。

甘い初恋ってヤツなんだ。

トーテムの良さをわかってもらえればいいな、と、ボクも陰ながら応援しているんだけど、女子って見た目で判断するからなぁ。

グンジ先輩は三年になっても苦手なバタフライの練習を、三回に一回はサボっている。

口実をつけては部室や体育教官室に行ったり、ただ単にこっそり逃げていたり。

その日ボクは日直で、部活の時間に少し遅れた。

プールサイドに入ろうとすると、出ようとしていたグンジ先輩と鉢合わせになり、「あっ」と思った時には「グレコ、行くよ！」と手を引っ張られていた。

「え、どこにですか？」

「いいからいいから。バタフライの練習なんだってば」

なんだ、そういうことか。

そういえば、入部した時も、こうしてグンジ先輩に引っ張られてたなぁと、思い返すと、掴まれた手がじんわりあったかくなってにやけてくる。

プールから死角になっているベンチまで来ると「脱出成功」と言って片えくぼを出し、いたずら小僧のようにニッと笑った。

「あれ？　グレコ、いつの間にか私より大きい？」

あ、ほんとだ。入学した時は先輩よりも小さくて、ズルズル引きずられていたのに、今は先輩より少し大きくなっている。

いつも水の中で、わからなかった。

グンジ先輩はベンチに腰掛けて足をぶらぶらさせながら「早いねーグレコ。大きくなったねー」と、親戚のおばさんみたいなことを言ったので、笑ってしまった。

あの、切ない泣き顔のグンジ先輩は、消えていた。

それから二人で部活のことや学校のこと、テレビやマンガのことまで、いろんなことを話した。

グンジ先輩と話していると楽しくて、口下手なボクでもたくさん話せた。

そして二人同時に「あっ！」と気づいた。練習時間がもう終わり頃なんじゃ？

プールに戻ると、練習はほとんど終わっていて、みんなクールダウンの流し泳ぎをしていた。

「あー、戻ってきた」「どこ行ってたんだよ、二人でー」グンジ先輩とボクは、散々みんなに冷やかされた。ボクは真っ赤になりながら否定していたけど、今までの泣きたい気持ちではなく、なんだかこそばゆいような、ウキウキした気分だった。

グンジ先輩を見ると、同じくみんなに冷やかされながら「どこにいたかは内緒だよー」なんてニコニコしている。

それを見ると『二人だけの秘密』みたいで、余計に嬉しくなってくる。

水泳部の男子メンバーとの帰り道、山田君が「藤堂先輩、卒業前にグンジ先輩にコクったんだって」と言った。

「グンジ先輩、藤堂先輩と付き合ってるの？」

「俺が聞いた話では、藤堂先輩がふられたって」

「え、ふったの？　俺が聞いたのは、オッケーしたって話だったけど？」

「お似合いなんだけどなあ、あの二人」

「どっちが真相なんだろう」

そうか。ボクが渡り廊下から見たあの時は、藤堂先輩が告白している、まさにその時だったんだ。

そのあと、どうなったんだろう。

グンジ先輩、オッケーしたのかな。

あの涙は、嬉し涙だったんだろうか。

確かにボクを見たハズなのに、グンジ先輩はあの時の話を一切しない。

なぜかウキウキモードのボクの心は一気にテンションが下がり、またどんよりと重い憂鬱に塞がれてしまった。

「じゃ、な」「おう、また明日」一人減り、二人減り、次の信号までトーテムと二人になった。

トーテムは相変わらず「今日ね、僕に消しゴムを貸してくれたんだ。で、二人でゴミ箱持って…」としあわせモード全開で報告してくる。

ボクの憂鬱はイライラに変わり「うるさいな！　別に井上さんはトーテムのことが好きな

わけでも、彼女に告白したわけでもないでしょ！」と大声を出した。

言った途端、後悔したが、もう遅い。言っちゃったし。

「ごめん、トーテム」

「あ、ううん、僕の方こそごめん。自分のことばっかり」

「違うんだ。ちょっと考え事をしてたから」

「…あ！　もしかして、グレコも井上さんのことが好きだったとか？　僕が先に言い出したから言えなかったとか？」

トーテム、君のピント外れは二年になってもか…。

「全然違うよ、トーテム。彼女とのことは応援してるから」


五月に入ると、ひと月後に行く修学旅行の説明会が増えた。

北海道旅行、いよいよだ。

みんなすっごく楽しみにしていて、持っていく服だとか、お小遣いだとかの話題で持ちきりだ。もちろんボクも楽しみにしていて、荷物をバッグに入れたり出したりして、お母さんに呆れられている。

トーテムは、お土産を買う人数が多くてお小遣いが足りないとぼやいている。

「両親でしょ、兄貴でしょ、妹二人でしょ、両方のおじいちゃんおばあちゃんでしょ、井上さんでしょ」

「え、井上さんにも買うの？　だって同じクラスじゃない。っていうか、一緒に行くじゃん」

「んー、でも買うんだ。で、渡す時告白する」

「え！　告白するの？」

ボクとあっちゃんは同時に驚いた。

「うん、告白する。でも、不安だから二人ついてきてくれる？」

「いやー」

「それはちょっと…」

結局、ボクとあっちゃんは、離れたところから見守るということになった。

トーテムは旅行中に告白するらしい。

ボクとあっちゃんまでドキドキしてきた。

「オレ、何か記念になるものを二人で買うんだ」

なんと、あっちゃんは二年になって早々に、彼女ができた…らしい。丸山友子ちゃんという名前で、あっちゃんは『トモ』と呼び、彼女からはあっちゃんと呼ばれているって照れ臭そうに教えてくれた。いいなぁ。

彼女とはとても気が合うらしい。

大河ドラマの大ファンで、物心ついた時から欠かさず観ている、というのが話すきっかけみたいだが、他の話題でも「そうそう！」「それそれ！」ってことがとても多いんだとか。『らしい』というのはお互い告白したこともされたこともなく、きっとそうなんじゃないか？　と、本人も周りも思っている…らしい。

そしてここが一番ピッタリだとボクは思うんだけど、彼女はよく食べる。太ることとなんか気にもせず、給食は必ずおかわりをする。いつも気持ちがいいくらいの食べっぷりだ。

「キーホルダーとかストラップとか、そういうのだけど…」あっちゃんは恥ずかしそうに、ニコニコの三日月目になった。

「グレコは？　誰に買うの？」

「ボク？」うーん…両親と…あとは…ボクは兄弟もいないし、おじいちゃんおばあちゃんは遠いので、北海道から絵葉書を送ろうと思っているし…えー、両親しかいない…。

「グンジ先輩は？」トーテムが言った。

「え？　みんな買うの？」

「いや、個人的には買わないよ。二年のみんなで水泳部にお菓子ひと箱とかさ。去年も先輩たち、持ってきてくれたじゃない」

グンジ先輩に？　ボクが？　個人的に？　そんな勇気、ないよぉ。

考えてもなかった『グンジ先輩にお土産』というワードが、ボクの心を支配した。

いや、無理無理無理無理…！

でも、渡すだけならどうってことないんじゃ…。

「グンジ先輩にプレゼントしたくて。グンジ先輩のことを思って選びました。受け取ってください」

「え、私に？　ありがとう、嬉しいわ」プロポーズの指輪を渡す時のようにひざまずき、パカッと開けたビロードの小箱の中の北海道型のキーホルダーを渡すタキシード姿のボク。妄想の中の二人は花に囲まれ、祝福の鐘まで鳴り響いている。

知らず知らずのうちにニヤケ顔になる自分にハッと気づき、自分の部屋で一人なのにきまり悪さにキョロキョロしてしまう。

あーあ…とため息をつき、ベッドにごろんと横になり、天井を見つめる。

「グンジ先輩、グンジ先輩のために選んだお土産です」

「何よ、恩着せがましく言わないでよ。キーホルダー？　ダサ。いらないわよ」

打ちのめされたボクは、次のシーンで灰色の荒れ狂う日本海を見ながらひとり涙する…。

駄目だ駄目だ。じっとしているとヘンな妄想ばかり浮かんでしまう。

けど、ほんとにどうしよう。

ボクの心は一秒ごとに右に行ったり左に行ったり、自分の心を持て余した。

心が決まらないまま旅行当日を迎えてしまった。

トーテムは、出発の集合から緊張しまくっていて、いつもに増してピント外れなことを言っているので、あっちゃんと「しばらく放っておこう」ということにした。

全行程、三泊四日。飛行機で千歳空港まで行き、後はバスで小樽や札幌、美瑛をまわる。

自由行動の札幌では、各クラスで五～六人の班になって、ラーメンを食べたり札幌時計台に行ったりした。時計台は『日本三大びっくり観光地』だけあって、みんなで記念写真を撮って、大笑いして楽しかった。

お土産物屋さんの前で、あっちゃんと彼女のトモちゃんがジャガ餅を片手にキーホルダーを選んでいるのを見つけた。

二人ともとっても楽しそうにお土産を見ながら、同時にジャガ餅を頬張ったのには笑った。

邪魔しちゃいけないと思い、「よっ！」とだけ言ったら、あっちゃんもボクに気づいてVサインを送ってきた。

その笑顔は今まででトップクラスのニコニコ顔だった。

恋してんだなぁ、あっちゃん…そう思った途端、唐突に『グンジ先輩にお土産』というワードがブアッと浮かんだ。

はぁーーー。

トーテムは大好きな井上さんに、ラベンダーの押し花の栞を買った。最終日にそれを渡して告白するという。

最終日の夕食後、自由時間にホテルの庭に井上さんを呼び出した。

ガチガチに緊張しているトーテムを残して、ボクとあっちゃんは少し離れたベンチで見守った。

「来たッ！」ボクら二人も緊張で声が上ずった。

トーテムを見つけると、井上さんはニコニコと片手を上げて小走りに走って行くのが見えた。いい調子かもしれない。

トーテムが頭を掻きながら何か言っている。離れているので、二人の声までは聞こえない。

井上さんは最初、笑って聞いていたが、段々と困ったような顔でモジモジしている。

トーテムが小さい包みを差し出す。

井上さんのために買った栞だ。ラベンダーの押し花の下には小さく『ふらの』と入っている。富良野には行ってないんだけど…でも、トーテムの想いが詰まった栞だと思う。

彼女はなかなか受け取らない。

行き場をなくしたトーテムの手は、紙包みを差し出したままだ。

しばらくそのままだったけど、井上さんは意を決したように深々と頭を下げ、涙をためてボクらの脇の小径を駆けて行った。

その、切ないような、困ったような泣き顔を、ボクはどこかで見たような気がした。


「…トーテム…？」

あっちゃんが、後ろからそっと声をかける。

トーテムは、まだ包みを差し出したままの姿で固まっている。

「大丈夫？」ボクも声をかける。

ゆっくり振り向いたトーテムは、泣き笑いの顔で「振られちゃったよぉ」と言ったきり俯いてしまった。

ボクとあっちゃんはどうしていいかわからず、黙ってトーテムの左右から、グッと肩を組んだ。ボクらは二人ともトーテムより一〇センチ以上低いので変な図だったけど、トーテムには伝わったと思う。

「飲もう！」あっちゃんが言い、ボクら三人はホテルのロビーでファンタグレープを飲んだ。

ボクらの修学旅行、北海道の旅は、こうして終わった。

ボクは、みんなには内緒でグンジ先輩にお土産を買っていた。

小樽のガラス工芸店で買った、黄色い花に緑の葉っぱとミツバチが付いたストラップ。

渡す勇気なんて絶対ないと思うけど、黄色い花があまりにもグンジ先輩みたいで、買わずにはいられなかったんだ。

グンジ先輩はいつも元気で笑ってて、ボクが迷ったり悩んだりしていると、さりげなく励ましてくれる、ひまわりみたいな人だ。

でも、買ったことがみんなに知られると、絶対に「渡せ」と言われるだろうし、面白がって先輩に言うかもしれない。

渡せないけど買ってしまった。

買ってしまってから思った。

買う前は「買おうかどうしようか」で悩み、えいやっ！　と買ったら買ったで、毎日ストラップを見てため息をついている。

ため息をつきながら、泣きたいような叫びたいような気持ちになってくる。

ボクはいったい、どうしちゃったんだろう…。


「あ、井上さん、今日も見に来たの？」

ボクがビート板を取りにプールサイドに上がると、金網越しにプールを見ている井上さんに気づいた。

井上さんがプールを見ているのに気づいたのは、二週間ほど前だ。

最初はトーテムに会いに来たのかと思った。

修学旅行では振っちゃったけど、やっぱりトーテムのことが気になったのかと。トーテムも井上さんに気づいて緊張している。すごく意識して泳いでいるけど、井上さんはどうもトーテムを見ている感じではなさそうだ。

あれ？　図書委員の仕事、今日は何かあったっけ？

次にボクが思い当たったのは、井上さんと一緒の図書委員のことだ。何か伝達事項でもあるのだろうか。

プールから上がって井上さんに近づくと、井上さんはひどくビックリした顔になってボクを見た。

「なに？」ボクと井上さんは同時に訊いて、同時に「え？」と言い、五秒間を置き、同時に笑った。

井上さんはとってもおとなしく、ボクもしゃべる方ではないので、貸し出しの時くらいしか話したことはない。

この時も井上さんは、笑った後に続ける言葉を探していたようで、「えっと…」と言ったっきり黙ってしまった。

図書委員のことか？　と訊くと、違うと言い、また黙る。

もう七月も間近で、天気の良い日は日差しもかなり強く、色の白い井上さんの肌にはかなりキツそうだ。

「ここ、暑いでしょ？　プールを見るならあっちの金網からの方が木陰で涼しいよ。ベンチもあるし」

「あ、うん、ありがとう…あんまり暑くて、みんなが泳いでるのが気持ちよさそうだなって…」

「泳ぐのも結構暑いよ」じゃ。と言って、ボクはプールに戻った。

トーテムは「なんて？　なんて？」って言ってきたけど、トーテムに用事じゃなかったよってあからさまに言うのも言いにくくて、「なんかみんなが泳いでいるのを見に来たんだって」と言うと、変に勘違いしたのかやけに張り切ってしまった。

まぁ、ウソじゃないし…。

それから何度か、ベンチに座っている井上さんに気づき、その時は二言三言会話してまた練習に戻っていた。

その都度、トーテムのことが気になったけど、トーテムからは何も言わないし、最初に井上さんが見学に来た時にボクが話したので、なんとなくボクが話に行くって感じになってしまった。

ボクも基本、女子との会話は苦手だけど、井上さんとは図書委員も一緒だし、本の趣味も合うので、どちらかと言えば話しやすい部類の女子かな。

一昨日、今日と、二回続けて井上さんが見学に来た。でも、今日の井上さんは、いつものベンチの方ではなく最初に気づいた入口の方にいた。

ビート板を片手に近づくと「あ、今日は見学じゃなくて…あ、見学なんだけど…」井上さんはいつもしどろもどろで赤くなって喋る。色白の井上さんが赤くなると耳たぶまで真っ赤になって、思わず「大丈夫？」って言いたくなる。

「これ、見つけたんだけど…」と、手に持っていたのは文庫本だ。「あ、これ！　ボクが続きを読みたいって言ってた…文庫が出たの？」

今、ボクがハマっている時代小説で、文庫で八巻まで出ている。続きの九巻が早く出ないかなぁって先週の図書委員の時に話していた本だ。

「うん。昨日、本屋さんで見つけて…」

「え、ほんと？　だって井上さん、揃えてないでしょ？」

「うん、でも小暮君、まだ買ってないかなって思って…」最後の方は俯いちゃってゴニョゴニョと聞こえなかったけど、ボクは読みたかった続きが読める嬉しさに小躍りした。

「じゃ、読み終わったら貸してくれる？」

「ううん、私、このシリーズは読んでないから、小暮君にあげる」

「ウソ、買ってくれたの？　じゃ、本代払うよ……いいよいいよ、買おうと思ってたし。もうすぐ部活終わるから待っててくれる？」

うん、と言って、いつもの木陰のベンチに行った。

プールに戻ったボクは、なぜかみんなに冷やかされた。

「最近よくグレコのところに来る子だろ?」

「なに？　コクられたの？　もう付き合ってるとか?」

トーテムが心配そうにこちらを気にしている。まだ井上さんのこと、気になってるんだ。

「違うよ。そんなんじゃないよ」トーテムを安心させるためにも、ボクはいきさつを話して、本を譲ってもらうことを言った。

「バカだねー。そんなの口実じゃん」

「グレコのこと、好きなんだよ、きっと。でなきゃ頼みもしない本なんて気にしないし、買わないよ」

「買わずにはいられなかったんだよ」

ドキッとした。

買わずにはいられなかった……

思わずグンジ先輩を見た。

グンジ先輩は聞いていたのか聞いていなかったのか、チラッとボクの方を見て、スッと壁を蹴って泳いでしまった。

井上さんがボクを好きかどうかなんてわからない。

だけど、ボクのために買ってくれた文庫本をボクにくれようとした。

トーテムも、井上さんのために選んだ栞を井上さんに渡そうとした。

みんな、なんて自分の心に忠実なんだろう。

ボクは、先輩のために買ったストラップを、まだ先輩に渡せずにいる。

「ごめんね、待たせて」

制服に着替え、校門で待つ井上さんの元へ走って行った。

井上さんが鞄から、ショッピングモールの中にある本屋さんの袋を取り出す。

「ほんとにありがとう。シーズンに入ると部活が忙しくて、なかなか本屋にも行けないんだ」嬉しそうに袋を開けて中を覗くボクを、井上さんもニコニコと見ている。

「そんなに喜んでもらえてうれしい」

「あ、お金払うよ。いくら？」ボクは本をひっくり返して金額を見た。

「いいの、ほんとに…そのかわり、今度あらすじを聞かせてくれる？」

「うん、もちろん。ありがとう！」

じゃ。と言って校門で別れようとした時、横をグンジ先輩が通った。

「ちゃんと家まで送って行きなさいよ」前を見たままボソッと言った。

「そうだよ、お前、本もらって、はいサヨナラはないぜ」ほかの先輩たちにも言われた。

ボクはトーテムが気になった。

送って行くならトーテムも一緒に、と思い探したが、山田君や木村君とまだ部室にいるのか、見あたらない。

じゃあ…と、ボクだけで送ることになった。

「え、いいよ、私んち、歩いて三〇分以上かかるよ」ボクの家とは反対方向の町名を言い、井上さんは遠慮している。

げっ…と思ったけど口には出さず、「いや、へーきへーき」と、二人で歩き出した。

始めは本の話や図書委員の話をしていたが、すぐに話題は尽き、一〇分もすると沈黙の気まずい空気が流れた。

お互いが超内気で口下手なので、気の利いたことも言えず「何か言わなきゃ。何か話さなきゃ」と考えることが、結構苦痛だった。

グンジ先輩となら、黙ったままでも平気なんだけど。

グンジ先輩となら、話し出したら止まらないくらい喋れるんだけど。

と、ついつい比較してしまい、自己嫌悪した。

「あ、この信号を渡れば私んちだから」

「そう？　本、どうもありがとうね」ボクはホッとして帰りかけた。

「……あの！」井上さんに似合わない大きな声で呼び止められた。

「え、な、何？」

「あの…あの…またプールに見学に行ってもいい？」

「え？　いいよ、全然」

「また、本の話とか聞かせてくれる？」

「うん、図書委員の時に、また」

井上さんはまだ何か言いたそうだったけど、ふうっと大きなため息をついて、じゃ、また明日、と、別れた。

井上さんには申し訳ないけど、なんだかとっても気疲れした三〇分だった。


「また来てるよ、グレコの彼女」

「違うってば、やめてよ」

あれから井上さんは、前にも増してプールによく来るようになった。

井上さんに誘われるまま、新刊を見に学校帰りに本屋に寄ったり、お互いのオススメ本を貸し借りした。

断る理由がないし、なんだか誘いを断るのも悪いかなと、一緒に本屋に行ったりするんだけど、水泳部のみんなは面白がって冷やかしてくる。

そのたびにボクは否定している。

ボクはトーテムが気になっていた。

冷やかされるたびに、トーテムの目が気になってしまう。

トーテムは最近、ボクを避けているみたいだ。

そんな気じゃないのに…どうしよう。

翌日の昼休憩に、ボクはトーテムのクラスへ行った。

プールの保守点検の件で連絡があったからだけど、トーテムはトイレにでも行っているのか、見あたらない。

トーテムを飛ばして先に山田君に伝えに行こうと踵を返した途端、教室に入りかけた女子とぶつかりそうになった。

「あ、ごめん」と謝り、ぶつかりそうになった子を見ると井上さんだった。

「あ、井上さん…」トーテム知らない？　と言いかける前に「ちょっとぉ、小暮君ったら、会いに来てくれたんじゃない？」と、横にいた女子たちが井上さんをついて言った。

「やだっ、やめてよ！」井上さんは真っ赤になって教室に入ってしまった。

「ちょっとちょっとぉ、せっかく来てくれたのにぃ」女子たちはボクと井上さんを交互に見ながら囃し立てている。

何？　そういう噂になってるの？

ボクはなんだかいたたまれなくなって、トーテムの教室を離れた。

「ちょっと待ってよ、グレコ！」

ビクッとして振り返ると、トーテムが怒ったような顔をして追いかけてきた。

「あ、トーテム、君んとこ行ったらいなくて…」言いかけるボクを遮って「噂になってるんだよ、井上さんと」と、トーテムが言った。

「うん、なんかそんなことになってるみたいだって、今、気づいたんだけど…なんで？」

「なんでって…わからないの？　グレコのせいだよ？」

「え？　ボクの？」

トーテムは、じっとボクを見る。

「グレコ、井上さんのこと、どう思ってるの？　好きなの？」

「そんなこと…井上さんに対して好きとか嫌いとか、考えたこともないよ」

トーテムは、これまでにない真剣な顔でボクを廊下の端に押し付けた。

「なんだよ、それ！　噂になったのだって、グレコが思わせぶりに井上さんと付き合ってるからじゃないか！」

「ボク…ボク、付き合ってるつもり、ないよ？　井上さんのこと、そんな風に思ったことないし。トーテムの気持ち、知ってるし」

「お前、サイッテーなヤツだな！」

トーテムは今まで一度も人のことを『お前』なんて言わなかった。こんな言い方も、聞いたことがなかった。

なんで？　なんでトーテムにこんな風に言われるの？

「井上さんに好かれてるって、わかってただろ？　わかってて喋ったり一緒に帰ったり、してるんだろ？　井上さんだって、グレコに好かれてるって思ってるよ。一緒に帰ろうって誘って、うんって言われたら、嬉しいよ。なのに、そんなつもりないって、よく言えるな！」

「だって、ボクはトーテムの気持ち知ってるから、そんなつもりはないよ？」

「訊いたよね、もしかしたら井上さんのこと、好きなの？　って。ボクが先に好きだって言ったから言い出せないの？　って」

「だから、応援してたじゃない」

「だったら井上さんに対して、思わせぶりな態度をとるな！」

トーテムがボクをどんっと突き飛ばして怒鳴った。

よろめいたボクに、さらにトーテムが掴みかかろうとした。

「やめて！」

大きな声に、ボクとトーテムはハッと止まった。

「井上さん…」

いつからいたんだろう、井上さんがそこに立っていた。

みるみるあふれる涙を見たら、いつから立っていたのか、どこまで聞いたのか、わかった。

「もうやめてよ。わかったから」そう言って、井上さんは走って行ってしまった。

ボクを見たトーテムは、とても冷たい目をして「サイッテーなヤツ」と言って立ち去ってしまった。

ボクはその場から動けなかった。

その日の部活に、トーテムは来なかった。

補習があるから休むとは、前から届けはあったそうだけど、今までのトーテムなら補習を早く切り上げてでも部活には来ていたのに。

「大浦君と、何かあった？」

部活が終わって、一人、帰ろうとした時、グンジ先輩が声をかけてきた。

「いつもあんなに仲が良かったのに、最近、大浦君と一緒じゃないから」

みんなトーテムの変化に気づいてたんだ。

ボク一人だけ、気づいてなかったんだ。それどころか、トーテムのこと心配していた。

そうだよ、心配していたんだ。なのに…。

「なんか、気持ちが行き違っちゃって。誤解されたみたい」

「そう。でも、気持ちの行き違いや誤解は話し合えばわかってもらえるよ。時間が経つと、こじれるから」

わかってる。時間が経つと気まずくなって余計に話せなくなるって。でも、ボク、そんなに悪かった？　サイテーって言われるくらい、悪いことした？

ボクだって、もし井上さんに告白されたら断ったさ。だってトーテムが好きだってこと知ってるし。

でも、実際に告白されたわけじゃないし、「君、ボクのことが好きでしょ」なんて畏れ多くて思いもできない。それに、一緒に帰ったり、本屋に行ったり、しただけじゃん。それだけで付き合ってることになっちゃうの？

一週間経っても、ボクたちは目を合わさなかった。

ボクは毎日、いたたまれない気持ちで過ごした。

トーテムに謝ろうか…でも、ボクのどこがそんなに悪かったのか、イマイチわかんない。だからまた的外れな謝り方をして、トーテムを怒らせることになりはしないか…。

グンジ先輩が言う通り、思い悩んでいる間にどんどん時間が経って、こじれた糸が固く絡まってほどけなくなってきている。

毎日毎日、学校に行くのも、部活に行くのも、憂鬱で泣きそうだった。

次の日曜日、部屋でゴロゴロしていると、あっちゃんが来た。

小学生の頃はお互いの家にしょっちゅう遊びに行ったし、お泊り会も何度かしたことがあるけど、最近では部活や補習が忙しくて、あっちゃんがうちに来るのは久しぶりだった。

「よっ、久しぶり。チャリで来たら暑いねー」ボクの部屋に上がって来る時、お母さんから渡されたんだろう、麦茶のポットとコップをお盆に載せてボクの部屋に入ってきた。

「あー、生き返る」風呂上りにビールを飲んだお父さんみたいにプハーッと麦茶を一気に飲み干し、ボクの顔をニコニコと覗き込んだ。

あ、何か言いたいことがあるんだな。

「トーテムのことなんだけどさぁ」……やっぱり。

「気にしてるよ？　グレコのこと」

「なにを？」ボクはわざとそっけなくとぼけた。

ふうっ。

あっちゃんは、少し呆れたようにため息をついた。

ため息をつきたいのはこっちだよ。

「グレコさぁ、なんでトーテムが怒ったか、わかってんの？」

「トーテムが好きな井上さんが、ボクのこと、好きになったからでしょ？　でも、そんなことボクにはわかんないことだもん」

ふーーー。

今度は心底呆れましたというような、長いため息をついた。

「違うよ。トーテムは井上さんのこと、まだ好きだけど、井上さんが誰を好きになっても怒ったりふてくされたりしないよ。トーテムが怒ったのは、グレコが井上さんを傷つけたからだよ」

「ボクは何もしてないよ、トーテムにも、井上さんにも」

「でも、噂になったり井上さんに勘違いさせたのは、やっぱりグレコがそういう態度でいたからでしょ？　トーテムは、グレコも井上さんのことが好きでそういう態度をとったんなら怒らなかったと思うよ」

「だって、始めっからそんな気、なかったよ。一緒に帰ったり本屋に行ったりしたら、付き合ってることになるわけ？　おかしいよ」

「井上さんに対して『そんな気がない』のに、誘われたからって一緒に帰ったりしてたわけ？　井上さんの気持ちに気づいてたよね？　グレコ、それは最低な言葉だと思うよ」

ずきんとした。トーテムに言われた言葉…サイテー。

「グレコ、優しいのと優柔不断なのとは、違うんだよ。グレコはトーテムと井上さんを傷つけたんだよ」あっちゃんは悲しそうに言った。「こんなことで、大事な友達を失くすなんてイヤだよ」

わかってる。

あっちゃんと話してるうちに、ホントは何がいけなかったのか、どうすればよかったのか。

優しさと優柔不断は違う。

ボクは、ボクの優柔不断な性格で井上さんを傷つけてしまった。

告白されてなくても、ボクだってほんとは井上さんの気持ちに気づいてたんだ。だから最初にちゃんと言うべきだったのに、誘われると断れないまま、一緒に帰ったり本屋に行ったりしてしまった。

友達同士なら、それでもいいんだろう。けど、相手の気持ちがわかってるくせに、誘われるまま出かけるっていうのは、違う。

相手の気持ちを利用しているみたいで、違う。

黙ってしまったボクを、あっちゃんはじっと見てる。何も言わずにじっと見てる。

そして、ぽんっと肩に手を置いて「トーテムもすごく気にしてるよ、グレコにひどいこと言ったって」

うん、うん、うん…ボクは頷き続けた。

「まぁ、飲め」あっちゃんは、麦茶をなみなみとついだコップをボクに差し出した。

翌日の月曜日、ボクは昼休憩に井上さんを呼び出し、謝った。

「ボクの優柔不断な態度で井上さんの気持ちを踏みにじってしまって、ほんとうにごめんなさい。井上さんのこと、他の女子より話しやすいし好きだけど、付き合うとかそういうんじゃないんだ」

苦しかったけど、ボクは正直に言った。

深々と頭を下げて言ったボクの言葉を、井上さんはじっと黙って聞いていたけど、やがて何度もこくこくと頷き「わかった。私こそ、小暮君の気持ちも聞かず、勝手に舞い上がってしまってごめんなさい。ちゃんと言ってくれてありがとう」と、一生懸命、笑顔で言ってくれた。

「図書委員、今まで通りによろしくね」

「うん」ボクはその一言を言うだけで精一杯だった。

泣き笑いの顔で踵を返す井上さんを見て、胸が痛んだ。

その足で、トーテムに謝りに行った。

トーテムは井上さんに謝ってきたというと、自分のことのように「ありがとう」と言った。そして、グレコになんてひどいことを言ってしまったんだろうと、毎日泣きたい気持ちだったと、半泣きで言ってくれた。

ボクも同じ気持ちだったよ、トーテム。ほんとうに、ほんとうにごめん。

夏休みに入って、ボクたちは毎日部活に励んだ。

トーテムは、今年の試合には個人メドレーに出場するべく、四種目の練習に励んでいる。

ボクももう、背泳ぎとクロールなら、まあまあな距離を泳ぐことができる。

二シーズンでここまで泳げるようになったことに、自分でも驚いている。

ボクって、スポーツの才能あるんじゃないの？　やればできる子なんじゃないの？

ただ、バタフライはどうも苦手だ。

上半身と下半身の動きが連動しない。これはきっと、グンジ先輩のサボりに付き合ってたせいだ。

なのに、最近グンジ先輩はサボりに誘ってくれない。っていうか、前のようにボクに話しかけてくれない。ボクの背中をパシンと叩いたり、ボクの髪をクシャクシャッとしたり、してくれない。

そのことに、かえってグンジ先輩を意識してしまう。

夏休みの最終日曜日、去年と同様に、向かいの公立高校で市内の近隣中学校の試合が行われた。

ボクは今年は、個人背泳ぎの一〇〇と二〇〇、そして四〇〇のメドレーリレーの三競技に出場する。トーテムは個人バタフライの一〇〇と個人メドレーの二〇〇、そしてボクと同じくメドレーリレーだ。

去年ほどではないが、かなりの緊張感が押し寄せてきた。

みんなの輪から少し離れて深呼吸しながら気持ちを落ち着けていると、一年の男子部員が顔色を変えて走ってくるのが見えた。

「大変だ！　今田が昨夜、塾帰りに自転車とぶつかってケガしたんだって！」

今田は一年の背泳ぎだ。遅れてると思ったら、そんなことになってたなんて。

「昨夜はたいしたことないと思っていたらしいけど、今朝になって腫れが酷くなって病院に行ったら、足首を捻挫してたって」

「そうか…どうする？　お前ら」下チンは、一年生を見て言った。「今田の個人背泳ぎ一〇〇は棄権届けを出すが、メドレーリレーも棄権するか？」

「そんな…ボクらのデビュー戦なのに…」一年生たちは、お互いに顔を見合っているが答えは出ない。

「…じゃ、小暮、お前が今田の代わりに出てくれるか？　大会委員には事情を説明してメンバー変更しておくから」下チンが大会委員のテントへ行こうと腰を上げた。

「え、ちょっと待ってください」一年生で一番速い高橋が「吉井先輩じゃダメですか？」ほかの一年生も、うんうんと頷いている。

「こんなこと言っては失礼ですけど、タイムも吉井先輩の方がいいし、それに、なぁ？」

「小暮先輩って、去年までカナヅチだったんですよね？　横泳ぎしかできなかったって」一年生は顔を見合わせて含み笑いをしている。

両方とも事実は事実なので、二年生も三年生も、何も言えずに気まずい空気が漂った。

「何言ってんのよ、あんたたち！」シンとした気まずい空気を破ったのは、グンジ先輩の怒鳴り声だった。

「確かに去年入部した時は泳げなかったわよ。横泳ぎで、みんなの度肝を抜いたわよ。だけど、たった四か月で、このデビュー戦に出たのよ。メドレーリレーでは、一人抜いたのよ。二位にまでつけたのよ。四種目が何かも知らなかったグレコが、カナヅチだったグレコが…よ。すごい努力だと思わない？　あんたたちにできる？」

一年生たちは、シュンとなった。

「お前らがデビュー戦に勝ちたいのはわかるけどな」下チンが言った。「吉井はお前らのすぐ前の組で二〇〇に出るんだ。続けては無理だろ？　それに、小暮の底力はすごいんだぞ。リズムに乗れた時の小暮の泳ぎは、ピカイチだ」

先生。グンジ先輩も。ボクのこと、そんな風に見てくれてたんだ。

「小暮、一年のメドレーリレーに出場してくれるか？」

「はい！」

「小暮先輩、よろしくお願いします」一年生たちが、頭を下げた。

「それでね、一年のメドレーは、なんと三位だったんだよ」夜、ボクは早速あっちゃんに電話で報告した。

「へー、すごいじゃん。今年の一年、優秀だって言ってたもんな」

「そう。で、ボクの一〇〇は四位で、メドレーリレーも四位。トーテムの個人メドレーは五位…健闘したんだよ、これでも」

そう。ほんとうにボクたちは大健闘した。

下チンは去年にも増して嬉しそうで、今年はボクも、ほっぺにチューされた。

そしてこの試合が終わると、三年生は実質的な引退となる。

三学期からは進路相談や個人面談が増え、補習もあり、三年生も受験に忙しくなるんだ。

とうとう渡せなかった。

グンジ先輩に買ったお土産は、机の引き出しの奥に眠ったままだ。


秋に目白押しの球技大会や合唱コンクール、文化祭など、すべてが三年生にとって『中学校最後の』という枕詞がつく。

三年生たちはどの行事もすごく楽しみ、すごく頑張っている。

時々校内で見かけるグンジ先輩も、いつも楽しそうに笑っていて、中学校生活最後を謳歌しているようだ。

それと反比例して、ボクの心は沈んでいく。

グンジ先輩のいない部活。もうすぐこの学校からもいなくなる。色のなくなった世界にいるようだ。

終わりのない憂鬱。解決策のない憂鬱。今まで経験したことのない憂鬱に、ボクの心は砂場に作った城のように、少しずつ形が無くなっていく。

三学期に入ると、グンジ先輩をほとんど見かけなくなった。

もうあと一か月ちょっとで卒業してしまう。卒業式までの間で、グンジ先輩はあと何日登校するんだろう。

「グンジ先輩、受かったのかなぁ」

グンジ先輩のことを考えていたら、突然トーテムが先輩のことを言ったので、ボクは自分の心の内を声に出してしまったのかと「なんでっ？」と、大声で言ってしまった。

「うぁ、びっくりしたー。なんでって、先輩、公立高校と私立の女子高と併願してるじゃん」

「え？　そうなの？」

グンジ先輩とは二学期以降あまり話さなくなったから、詳しくは知らなかった。てっきり、高校は向かいの公立高校に進学するんだと思い込んでいた。

「あけぼの女子学園らしいよ。女子たちが部室で話してた」電車に三〇分ほど乗った先にある女子高の名前を言った。

何でも、グンジ先輩のお姉さんがそこの女子高出身なので受験したそうだけど、かなりなお嬢様学校なので、グンジ先輩には似合わない…なんて言ったら、また先輩に蹴りを入れられるかな。

先輩の蹴りを懐かしく思うなんて、ボクはマゾかもしれない。

それにしても、向かいの公立高校ならまた顔を合わす機会もあるだろうし、ボクも来年受験するチャンスもある。でも、女子高なんて…もう会えないよ。

ボクの心の中の砂の城が、またサラサラと崩れた。

家に帰ると、この頃日課になってしまった引き出しを開けてお土産の包みを手に取る。

ボクはどうしてこんなに勇気がないんだろう。

ただ、修学旅行のお土産を渡すだけなのに。


毎日、迷って、迷って、迷っているうちに、とうとう卒業式の日がきてしまった。

ボクは昨夜、決心したんだ。

卒業式の後に、先輩にお土産を渡すんだって。

机の上に置いたお土産の包みを、決心が鈍らないように、一番に鞄に入れた。今、その包みはボクの制服の胸ポケットにある。

胸に手を当て、お土産の感触を確かめて、在校生の席に着席した。

厳かなメロディにアレンジされた『蛍の光』が流れて、卒業生が中央の通路から入場してきた。

そっと卒業生を見る。

あ、グンジ先輩のクラスだ。先輩は…いた！　胸に赤いリボンのカーネーションをつけて、神妙な顔で入場してきた。

ふっと、ボクの方を見て、目が合った。

これだけのことで、ボクはなんだかドギマギしてしまった。

卒業生として卒業式を迎えるグンジ先輩は、今までより大人に見えた。

頑張るんだ、ボク！

もう一度胸ポケットに手を当てて、自分に言い聞かせた。


ボクは前の日に「卒業式が終わったら、プール横のベンチに来てほしい」と、グンジ先輩に言っておいた。プールが見渡せるこのベンチで、グンジ先輩とたくさんお喋りしたこのベンチで、先輩にお土産を渡したかったんだ。

式が終わったら、即、駆け付けるつもりでいた。なのに、なのに在校生による椅子の片づけに、あんなに時間がかかるなんて。わかってたら、あんなに寒いベンチを待ち合わせ場所にしないよ。

ボクがベンチに走って行ったのは、式が終わって二時間近くも経った後だ。

もう、グンジ先輩は、絶対にいないよ。

もしかしたら、怒って帰っちゃったかもしれない。

ああ、もう最後なのに…。

ボクは泣きたい気持ちでプールの方へ走った。

ベンチのある場所に着いたけど、グンジ先輩はやっぱりいない。

そりゃそうだよな。こんな寒いところで、二時間も待てないよな。

張り詰めていた気持ちが急速にしぼんで、ストンとベンチに腰掛けた。

今になって…今さらだけど、わかった。

ボクはグンジ先輩が好きなんだ。ずっと、好きだったんだ。

ああ、なぜすぐに渡さなかったんだろう。ボクは両手で顔を覆ってうなだれた。

その時、髪の毛をクシャクシャッとされた。

「グンジ先輩！」

「あんまり寒くて、トイレに行ってたんだ」あ、手、洗ってないやとか言って、また頭をクシャクシャッとされた。

「グンジ先輩ぃ、こんなに遅くなったのに、待っててくれたんですね」ボクは感謝感激で涙声になる。

「そうだよ。だってグレコが待っててって言ったんじゃない」先輩は、寒さで鼻の頭を真っ赤にしながら、なんでもなさそうに言った。

それを見て、ボクの勇気は固まった。

「あの、先輩にこれを…」お土産の包みを差し出した。

ああ、たったこれだけのことに、ボクは何か月かかったんだろう。

「え？　くれるの？　なに？　お世話になったお礼とか？」

「あ、はい…いや、その…」

「え、なんだ、そうなの？　…なんだー、てっきりグレコが告白してくれるのかと思ってドキドキして待ってたのにぃ」冗談っぽく言うグンジ先輩に、今度はボクがドキドキした。

先輩はほんとにちょっとがっかりした様子で「開けていい？」と包みを開いた。

黄色い花に、小さな葉っぱとミツバチが付いたストラップ。

「わあ、かわいい！　…ガラス製？」

先輩が、改めて紙包みを見る。

「小樽ガラス工芸店…小樽？　…これ、修学旅行の？」

「すみません！　今までずっと、渡す勇気がなくって」

「私のために買ってくれたの？」

「これを見た瞬間に、すごく先輩っぽいなって。いつも励ましてくれたり、応援してくれたり、先輩がニコニコしてるだけでボクはいつも元気が出ました。だから、この黄色い花が先輩とだぶって…先輩はひまわりみたいで…だから、だから、買わずにはいられなかったんです。なのに、渡す勇気を出すのにこんなに時間がかかっちゃって。かっこわるいけど…」今までのボクの想いを、気持ちを、一気に伝えた。

ボクの横に座って黙って聞いていた先輩は、手の中のストラップとボクの目を交互に見て、最上級の片エクボを見せてくれた。

「すごく嬉しいよ、グレコ。大事にするね」

受け取ってもらえた！　ボクは燃え尽き症候群のように、ヘナヘナになった。

「私、グレコがいた水泳部、すごく楽しかったよ」

ボクもです、グンジ先輩。

「私、向かいの公立高校に進むの。来年、待ってるね」

グンジ先輩は、最後までボクを奮い立たせてくれる。

よし。ボクも来年は公立高校に受かるよう、受験、頑張るぞ！

きれいだねーと、キラキラ光るストラップをかざしていた先輩は、ちょっといたずらっぽい顔で「じゃ、このミツバチはグレコなんだ」と、ストラップのミツバチにチュッとした。

あぁ、先輩。ボクは鼻血が出そうです。

中学三年　ハッピーのち憂鬱、のち…？

ボクたちは三年になった。

満開の桜の坂道を、あっちゃんとトーテムと三人で登る。

二年前の入学時には、同じこの坂道を、憂鬱度一〇〇パーセントで登ったんだった。

あの頃の悩みなんて、なんてお子ちゃまだったんだろう。

水泳部に決まったというだけで、この世の終わりってくらい嘆き悲しんでいた。明日が来なければいいと願っていた。

あの頃のボクに言ってやりたい。

『水泳部に入ったおかげで、最高の友達に出会えたんだぞ。こんなボクも自信が持てるようになったんだぞ。ステキな中学校生活が送れるんだぞ』と。

「…ねえ、聞いてる？　グレコ」

「え？　ああ、ごめん、なんだっけ」

あっちゃんとトーテムは笑顔を残したままでこっちを振り向く。

坂になっていることを差し引いても、ボクの身長はトーテムの肩を超えるくらいになった。入学してから二〇センチ近くも伸びたわけだ。

この半年は毎朝膝や腰がギシギシと痛かった。成長痛というらしい。

ボクは水泳のお陰ではないかと秘かに思っている。水の中でひと掻き掻くごとに、陸トレで校門前の坂道をダッシュするごとに、ボクの腕や足がグンッ、グンッと伸びていく感じがするんだ。

相変わらず色は白いし髪の毛は茶色のふわふわだけど、もう、女の子に間違われることもなくなった。

そういえば、入部初日に女の子に間違えられて、グンジ先輩に引っ張っていかれたなぁ…思い出してクスっと笑った時、「ねえ、グレコったら！」トーテムが体ごとこっちを向いてボクを見ている。

「ああ、ごめんごめん…プール清掃の日程だっけ？」

「そうなんだけど、下チンが忙しくてなかなか決まらないんだ。来週にでも調整するから決まったら連絡するって」

トーテムは、水泳部の部長になった。面倒見がよく、まじめで優しいトーテムは最高の部長だ。

トーテムの入学当初の『四種目を格好よく泳ぐ』という目標は、達成した。

去年、トーテムは個人メドレーで五位だったけど、今年の市内大会では上位もとれるんじゃないかと、下チンも言っていた。そのくらいトーテムはまじめに着実に練習した。

「うん、了解」

「トーテム～、板についてきたねぇ、部長」

あっちゃんは、身長こそ今はまだあまり伸びていないが、体重は確実に一〇キロは増えていると思う。ニコニコ顔はそのままだが全体的に丸みが増し、ベイマックスみたいだ。

「やだなぁ、からかわないでよ。僕が部長だなんて不安でいっぱいだよ」

「よっ！　部長！」

ボクらは桜の花びらを舞わせながら校門に向かう。

足元には白いユキヤナギ。空は青。風は柔らかくほのかに薫る。あぁ、ボクも侘び寂びがわかるようになったんだなぁ。


グンジ先輩とは春休み中に一度会った。

公園で落ち合って、どこに行こうかと話していたけど、そのまま話し込んで気づいたら夕方になっていた。

最初は少し、イヤ、かなり照れて喋れなかったけど、グンジ先輩に「意識しすぎ！」と、蹴りを入れられて、ようやく本調子が出た。

やっぱりボクは、マゾかもしれない。

入学後にグンジ先輩は携帯を買ってもらったとかで、時々電話でも話している。なので、先輩がもう学校にいないんだという実感はまだわかないが、元々口下手なボクは、電話も苦手なのでやっぱり会いたい。

会って話したい。


例年より一週間ほど遅れてプール清掃の日。同時に新入部員紹介の日でもある。

今年の新入部員も例年通り、男女合わせて八人かと思っていたら、女子が五人いる。

ひとり、少し病気がちだそうで、なんと水泳部初、マネージャーをしてくれるそうだ。

「吉丸あかねです。よろしくお願いいたします」

ボクに劣らず色白で、入部した頃のボクほどの身長しかない彼女は、恥ずかしそうに自己紹介した。ぴょこんと頭を下げた時に揺れるポニーテールと、潔く出した形のいいおでこと、ふっくらした桃色の頬っぺたと、ぷっくりした唇。女の子の『かわいい』をすべて表現しているのに、顔の半分を占める大きな黒縁めがね。でも逆に、そのめがねのお陰で彼女の魅力がアップしてるんだろう。

………ん？

あれ？

「あかねちゃん？」

彼女の可愛さに色めき立っていた男子部員が一斉にボクを見る。

「はい、お久しぶりです、剛にぃに」

その一言で、男子部員の視線が一気に槍や剣に変わるのを感じた。

「全然気づかなかったよ、あかねちゃん、いつ帰ってきたの？」

その日、帰る方向が同じだからと一緒に帰ろうとしたボクに、職権乱用とか、一人占め禁止とか、男子部員からの集中砲火を浴び、一通りあかねちゃんとボクの関係性を説明させられた。

あかねちゃんが三歳くらいの頃に、ボクんちと同じ町内に引っ越してきた。

ボクは年長さんであかねちゃんは年少さんだけれど、同じ保育園で毎朝一緒に通園していた。

当時、弟か妹が欲しいと両親を困らせていたボクは、あかねちゃんを妹のようにかわいがり、一人っ子のあかねちゃんもボクを『にぃに』と慕ってくれて、毎日一緒に遊んでいた。

それは小学校に入っても続き、当時から体が弱かったあかねちゃんと当時からインドアなボクは、お絵描きや本読みなど、ほんとうに毎日一緒にいた。

ボクが五年生、あかねちゃんが三年生の時、急にあかねちゃんがいなくなった。

引っ越したんだ…ひとこと言ってくれればよかったのに…。

しばらくの間は寂しい気持ちもあったけれど、もう五年生になっていたボクは、すぐに寂しさも消えていた。


「あの家を離れていたのは一年ほどだけど、にぃにのことはいつも見てたんだ」

「え？　引っ越ししたんでしょ？」

訝るボクにあかねちゃんが教えてくれたことは、小さいあかねちゃんが経験したにはあまりにも大変なことだった。

小さい時から病弱なあかねちゃんは、心臓が悪かったそうで、三年生の時に東京の大きな病院で手術をして一年間入院していたそうだ。病院の院内学級で四年生になり、ようやく退院してこちらに戻ってきた時にはボクはもう小学校を卒業していたし、あかねちゃんはまだ体が弱いので学校も休みがちで馴染めず、たまに家の前を通るボクを見て、中学校に入ったら同じ部活に入ろうと思っていたんだとか。

「まさか水泳部だったなんて。どうしようかと思ったけど、先生にお願いしてマネージャーにしてもらったの」そう言ってめがねをクイッと上げ、ニッコリ笑ったあかねちゃんは当時のまま、お人形さんみたいに愛らしかった。

よし、またにぃにが守ってあげるよ！

五月に入ると本格的にプール練習が始まる。

その前にボクとグンジ先輩は、映画を観に行った。

初めて二人で観た映画はグンジ先輩の希望で『最恐怖！　観終わったあと、あなたは一人でいることに耐えられるか』という宣伝文句のホラー映画だった。ボクが希望したアメコミ原作のアクション映画と揉めたけど、じゃんけんで負けたので仕方ない。ホラー映画は苦手だけど、二人で思いっきりヒィーヒィー叫んでそれなりに楽しかった。思わず手を握ったりしがみついたりされて、ドギマギしたけど、それも内心嬉しかったし。ホラー映画にして正解だったかも。

映画館を出た後、マクドナルドでてりやきバーガーを食べて、夕方まで公園でお喋りして帰るという、健全で王道の『デート』ってヤツをした。

公園に入る前、自販機でお茶を買ってグンジ先輩に渡すと「…ありがと」と言われた。ちょっとはにかむグンジ先輩にドキッとして、あー、ボクってカレシなんだぁ…と幸せをかみしめた。

あっちゃんは例の彼女、トモちゃんと進行中だ。

一度、大ゲンカして別れる寸前だったけど、結局は仲直りして、今では前にも増してラブラブだとか。ま、ケンカの原因もあっちゃんがふざけて彼女の分のファミチキを食べちゃったって、傍から見ればどーでもなことだけど。

「キス…しちゃったんだ」

夕方、遅い時間にトーテムにも集合をかけてボクの部屋に集まり、あっちゃんはモジモジと切り出した。

えーーーっ！

ボクとトーテムはそれまで「今日の練習はキツかった」とか「ラストの二〇本は一〇本でいいんじゃない？」とかヘロヘロしてたのに、一気に立ち上がり、硬直した。

たぶん、トーテムの頭の中にもあの彼女とあっちゃんが浮かんでいるんだろう。ボクも、浮かんでる。

「放課後、四階の階段のところで…なんか、そんな感じになって…」

あっちゃんは乙女のように頬を赤らめはにかんでいる。

グンジ先輩がはにかむのとあっちゃんがはにかむのは、まるで違うけど、まぁ、見ようによってはかわいい。

なんて関係ないことがグルグルと頭を回ってると、「そんな感じって、どんな感じ？　そんな感じになったら、わかるの？」トーテムが矢継ぎ早に訊く。

今後の参考に聞いておきたいんだと思うが、トーテムには、まだ彼女はいない。今でも井上さんのことが気になってるんだと、ボクは内心思っている。

「うーん、なんか、空気が変わるっていうか、『今か？』って時がわかるんだよね」さっきまでのモジモジは消えて、明らかに格好をつけて堂々と答えるあっちゃんに、大人の余裕を感じた。

四階の階段のところっていうのは、一部生徒の隠れ家みたいなところだ。

そのまま屋上に出られる階段だが、今は屋上は閉鎖されているので三階から上の階段は、普段は誰も使わない。

ここでサボったり、コクったり、いちゃついたりすることが、中学校生活を満喫している者の『証』みたいになっている。

あっちゃんは、その証を満喫しているわけで。ちなみにボクもトーテムも、満喫したことはない。

「その階段のところでいつものように昼休みに買っておいた焼きそばパンを二人で食べてたんだよね」まあ、満喫にもいろんなタイプがあるわけで。

「焼きそばパンも食べ終わって、何か他にお菓子でも持ってたっけって右のポケットを探そうと横を向いたら、彼女も左のポケットを探そうとしてさ……」

一瞬、鼻と鼻がぶつかるほどの距離だったそうで。うっ…となって三秒くらい固まったけど、一時間くらいにも感じたらしい。

うん、わかるよ、その感覚。そんなシチュエーションは経験ないけど。

「で、しちゃったんだ」あっちゃんは胸に抱えたクッションを、ムギューッと抱いて悶絶している。

「彼女はイチゴオーレ飲んでたからイチゴの味した。オレはコーヒー牛乳飲んでたから、あっちはコーヒー味だったかも」ってところで、今度はトーテムが悶絶した。

「でもさぁ、キスした時お腹がぶつかって、ダイエットしよかなって。二人で」ってところでは、三人で悶絶して、「なに騒いでんの?」と、お母さんに下から注意された。


キスかぁ。

キス…。

キス……。

うわぁ。駄目だ駄目だ。

今まで想像もしなかったのに、急にリアルに考え出すと、頭が膨れ上がって爆発しそうだ。

トーテムも同じらしく、最近二人になると、あっちゃんのキスの話ばかりしてくる。

ボクもトーテムも想像の域を超えないので、最終的にはため息とともに『あっちゃんは大人になったな』と、しんみりする。

「ところで最近、グンジ先輩とはどうなの？」トーテムも、グンジ先輩とボクが付き合っていることは知っている。

「どうっていうか…プール練習が始まるとなかなか時間がないし、先輩も部活に入ったとかで忙しいみたい。二度会ったけど、最近は電話でしゃべるくらいかな」

「へえー、それは寂しいね。日曜日とか、会ったりしないの？」

日曜日…そんなこと、考えもしなかったかも。

グンジ先輩は高校生になって、今までより予習や復習、提出物が多く、新たに吹奏楽部にも入ったので、中学校生活とは比べものにならないくらい忙しいそうだ。電話では「まいっちゃうわよ～」なんて愚痴ってるけどその声は明るく弾んでいて、毎日が充実して楽しいんだろうなって、聞いてるこっちも楽しくなるんだ。

それにボクもプール練習が始まると、とにかくきつくて日曜日はひたすらゴロゴロしている。普段おろそかになっている勉強も、日曜日にはきちんとしておきたいし。なにしろこれでも受験生だ。来年はグンジ先輩と同じ、公立高校に必ず入りたい。

でも、もっとグンジ先輩と会いたいって気持ちもほんとうだ。

ボクから誘っていいのかな。厚かましくないかな。

グンジ先輩はどう思っているんだろう。

ボクに、会いたい？

ボクが会いたいと思っているほど、グンジ先輩はボクに会いたいですか？

「小暮先輩は、背泳ぎ以外はしないんですか？」

部活の帰り道、いつものようにあかねちゃんと二人で帰っていると、ボクを見上げて訊いてきた。

「小暮先輩なんて…くすぐったいよ。敬語でなくてもいいし」

「…でも、部活ではやっぱり先輩ですし」あかねちゃんは少し言いよどんで俯く。

「そっか。他の部員の手前もあるしね。あかねちゃんがやりにくければそれでもいいよ」

「…小暮先輩も私のこと、あかねちゃんではなく、吉丸って言ってもらえませんか？」

「え？　あ、ああ…いいけど…気づかなくてごめんね」

いえ…と言ったっきり、黙ってしまった。

「何かあったの？　誰かに何か、言われた？」

一瞬何か言いかけたけど、あかねちゃんは「特に何も」と言って、唇をかんで俯いてしまった。

「吉丸さん、タイム盤、リセットしてくれる？」

「吉丸さん、ビート板、まとめておいてね」

「はい！」

バインダー片手にあかねちゃん…いや、吉丸さんはよく働く。

ボクは男子部屋でのミーティングで、他の部員にも『吉丸さん』と呼ぶようにお願いした。

「なんか、吉丸さんに対しての女子のあたりがキツイらしいよ」

男子部屋でのミーティングの時、そんな話が出た。

「俺らもグレコに倣ってあかねちゃんあかねちゃんってちやほやしてたもんな」

「実際、かわいいもんな、彼女。いい子だし」

「確かに。でも、それが一層、反感買うのかも」

男子部員のあかねちゃんへの評価はすこぶる高い。かわいいってことを抜きにしても、彼女はよく働いてくれるし、気を利かせて動いてくれる。なので、二年や三年の女子にも可愛がられているのだが…。

「なんか、やっかみみたいに、一年の女子からハブられてるって」

「先輩たちにちやほやされてるのが気に食わないらしいよ」

「グレコにぃにの贔屓もあるしな」

なんだよそれ。贔屓してるつもりはないよ。

言いながら、大いに反省した。ボクのせいで、特別扱いされてるように見られてたんだ。

あかねちゃんのこと、守ってるつもりで、辛い思いをさせていたんだ。

公私を分けるべきだった。

「女子、こえ〜」

とは言え、同じ町内、ご近所さんでもあるので部活の日は必然的に一緒に帰ることになる。せめて途中まででも誰かと一緒になるよう、ボクが気をつけねば。やはり、お兄ちゃんとして守ってあげる。小さい頃にそう誓ったんだから。


「おつかれ〜」「お疲れさまでした」「おい一年、さっさと帰れよ！」

今日も滞りなく練習が終わり、着替え終わったみんなは三々五々それぞれ同じ方向、グループ同士で帰って行く。

ボクは同じ方向のトーテムと二年女子の永田さん、三宅さんとあかねちゃんを誘って帰る。

「トーテム先輩って、付き合ってる人、いないですよね？」

「え、なんで『いない』前提で訊くのさ。まぁ、いないけど」

「あはは、すみませ〜ん。じゃ、好きな人は？」

「そりゃ、まあ、いたりいなかったり…」

答えづらいよな、トーテム。井上さんを想う気持ちは、たぶん誰にも言いたくないんだろう。

「グレコ先輩は？　好きな人、います？」こっちに矛先が回ってきた。

「え、あ、まあ…」

「グレコ先輩、結構人気あるんですよね。誰かと付き合ってるってなると、何人かは泣きますよ」「特に一年女子。ね？　あかねちゃん」

はぁ、まぁ。あかねちゃんは曖昧に頷く。「小暮先輩は優しいので」

初耳だ。ボクって人気があるのか？

「グレコ先輩、誰かと付き合ってます？」

「え、その、付き合って…る？」

二年の永田さんと三宅さんは顔を見合わせて意味深に頷く。

「それってやっぱりグンジ先輩ですか？」

「え、なんで、なんで、どうして？　誰がそんなこと…え？　え？」

激しく動揺しているボクに永田さんと三宅さんは「やっぱりー」と手を叩いて笑っている。

「先輩、わかりやす過ぎ。グンジ先輩に訊いてもわからなかったからグレコ先輩ならわかるかもって思ったら…思ってた以上にわかりやすい！」

や、なんだそれ。人を単純バカみたいに。

「どっちから告白したんですか？」

「え、いや、別に告白とかは…」

「あ、じゃあ、メールとか、友達からとか？」

「そういうのも特には…」

「えー、何それ。先輩、ほんとに付き合ってます？」「先輩の思い込みじゃないんですか？」

え？　え？　えーーー！　思い込み？

ショックだ。あまりにもショック過ぎる。

そうだ。ボクは肝心なことをグンジ先輩に言っていない。

『グンジ先輩のことが好きです』と。

「小暮先輩、大丈夫ですか？」あかねちゃんが心配そうにボクを見上げていた。


ボクとグンジ先輩が付き合っているのはボクの思い込みで、どうやら付き合っていないらしい。と言う噂は、次の日の放課後には水泳部全員の周知となった。

「グレコ、ドンマイ」

同じ三年の木村君や山田君は、気の毒そうに肩を叩いていく。

二年の面々も、苦笑を浮かべた顔で、見て見ないふりをする。

一年の女子は、なぜかキャアキャア言ってるし……久々にプールサイドでいたたまれない気分を味わっている。

グンジ先輩がボクを好きでいてくれたってのは、ボクの思い込みだったのかもしれない。

そうだよな。そうそううまくいくはずがないと思っていたんだ。

お土産のストラップを渡したくらいで。

二度、デートしたくらいで。

そもそも、あれはデートだったのか？　最初は公園でおしゃべりしただけ。

二度目は映画にこそ行ったけど、あとはハンバーガー食べて公園でおしゃべり。

デート？　デートっていったいなんだ？　いったいどうすればデートなんだ？

グンジ先輩に訊いてみたいけど、そんなこと、訊けない。

ボクのこと、好きですか？　なんて。


そんな悶々とした日々を送るボクに、さらなる追い打ちがきた。

部活練習のない日曜日、あっちゃんと二人で、いつもの駅前のショッピングモールに来ていた。

もうすぐトモちゃんの誕生日だから、プレゼントを一緒に選んでくれ。と。

正直、今のボクの状態で、あっちゃんのラブラブ波動をまともに受けるのはキツイけど、あっちゃんの幸せを願うボクとしては、微力ながら一緒に買い物に付き合ってあげたい。

雑貨屋さんや食べ物屋さん（なんで？）を巡っていると、ふっと見慣れた顔が視界に入るのを見た。

あっ！

グンジ先輩と……藤堂先輩！

二人が笑いながら向かいのフードコートの方へ入って行った。

「あれ？　グンジ先輩じゃない？」

あっちゃんが気づいてボクの肩をつつく。「オレはいいからさぁ、行ってきていいよ」ニコニコと言ってくるあっちゃんは、その前に入った藤堂先輩に気づいていない。

「いや、いいんだ。友達と一緒みたいだったし」

それからのことは、あっちゃんには申し訳ないけど上の空だった。

頭によぎる、あの光景。

藤堂先輩がグンジ先輩に告白したという、あの渡り廊下から見た光景がまざまざと浮かんでくる。

グンジ先輩とボクは付き合ってたわけじゃなかったのか。そうだよな、ボクはグンジ先輩に好きと言ったわけではないし、グンジ先輩もボクのことを好きだと言ってくれたわけではない。

やっぱり思い込みだったのか。

藤堂先輩とグンジ先輩は、同じ高校で、より親密になったのかもしれない。

だとしたら、ボクはバカみたいだ。

勝手にグンジ先輩と付き合ってるって勘違いして、浮かれていた。

年が一つ下だということ、ボクはまだ中学生だということ、そういうどうしようもない事実が突き付けられる。

そうだ。ボクは子供で、グンジ先輩はもう高校生なんだ。大人なんだ。

もう、今までみたいに気軽に電話もできない。

たいした用事もないのに電話して、学校のことや部活のこと、マンガの話やドラマの続き、そんな他愛もないことを、恥ずかしくてもう電話できない。話せない。


グンジ先輩と藤堂先輩を見かけて二週間経った。

久々の憂鬱度マックスな毎日を送っていると、二週間ぶりにグンジ先輩から電話があった。

『ヤッホー、グレコ。最近どうしたの？　忙しい？』

いつもの調子の、グンジ先輩の声が電話口から聞こえる。

「あ、いえ、すみません」

『…どうしたのよ、部活で疲れてるの？　まだ六月だよ？　試合の追い込みには早いんじゃない？』

「いや、部活の疲れじゃないんですけど…」いつものようにしゃべれない。喉の奥に毛糸玉を突っ込まれたように、空気が詰まってカスカスと口から洩れていく。

「すみません、親に用事を頼まれて出かけなきゃいけないので」そう言って電話を切った。

ボクのバカヤロー。見え透いた嘘を…こんな夜に、どんな親の用事があるっていうんだ。

次の日、最近ジメジメと降り続いた雨が、ようやく中休みって感じの晴れ間が出た。これなら今日の部活は肌寒くないな。

このところの雨続きで、プールに入ると寒さで足を攣る部員が続出していた。

先日も、一年の女子が足を攣ってプールサイドに引き上げられ、初めて足を攣ったとかで、半泣き状態で三年の女子に治してもらっていた。

ビート板を取りに横を通りかかったボクは、「ちょっと休んでいればすぐに治まるよ」と、持っていたタオルを肩にかけてあげた。

「あ、ありがとうございます、グレコ先輩。なんか、恥ずかしいです」

「大丈夫だよ、ビックリするけど、すぐに治るから」

そう言えばボクも初めて足が攣った時、痛くて寒くてガチガチ震えていたなぁ。あの時は、藤堂先輩が治してくれたんだっけ。

藤堂先輩。

また、笑いながらフードコートへ入って行く二人がフラッシュバックした。

はぁーーー。

憂鬱度、一二〇パーセント。

一週間ほど経った昼休みに、ボクはプール脇のベンチに呼び出された。

ここはグンジ先輩にお土産を渡した場所だ。

ボクは、あれで思いが通じたと舞い上がっていた。

ボクがベンチに座るとほぼ同時に、女子が二人現れた。

一年の女子二人だ。一人はこの前足が攣った柳井さんという子。

「なに？　泳ぎのことなら山田君かトーテムの方がわかると思うよ」

彼女は平泳ぎなので、ボクにはわからない。

「あ、部活の相談？　なら、女子の先輩の方がいいんじゃない？」

二人でチラチラ目配せしていたが、もう一人の女子が「じゃ、私、行くね」と校舎の方へ行ってしまった。

え？　なんだ？

ベンチに座ったボクの前に、柳井さんはモジモジと立ちすくんでいる。

「あ、座る？」ベンチの端に体をずらして座りなおすが、「いえ…」と言ったっきり、また俯いてしまう。

なんだ？　部活で何かあったのか？

ボクはピンときた。

「あ！　木村君でしょ！　気持ち、訊いてほしいとか。そうでしょ！」

木村君はトーテムと同じくらい背が高く、物静かだけれどクロールで水を切る姿は男のボクでもほれぼれするくらいかっこいい。

木村君のファンは結構多くて、これまでにも何度か告白されたらしい。ボクも二度ほど、女子から気持ちを訊いてほしいと頼まれたことがある。

「でもボク、そういうの苦手なんだよね。山田君あたりが適任だと……」「グレコ先輩なんです！」

は？

「入部した時から、ずっと好きだったんです！」

え、ボク？

「グレコ先輩、付き合ってる人いるよって、あかねに聞いたけど、あ、私、最初はあかねと付き合ってるのかと思ってたんですけど、で、その、とにかく、誰と付き合ってたとしても、やっぱり諦められなくて」

柳井さんは全身真っ赤になってボクの前に立っている。目の前に座っているボクに、一〇〇メートル先から伝えているかのように、叫んでいる。

ボクはベンチに座ったまま、身動きもできず柳井さんを見ていた。

なんて正直に自分の気持ちを全力で言うんだろう。柳井さんという塊が、ボクに力いっぱいぶつかってくるみたいだ。

人を好きになるって、エネルギーなんだ。

たっぷり五分も二人で固まっていただろうか。

耐えきれなくなったように「あの…」と柳井さんがかすれ声で言った。

「ありがとう。思ってもいなかったよ、ボク、鈍感だから傷つけてたらごめんね」

「あ、いえ、傷ついてなんか全くないです！」

「それなら良かったけど…付き合ってる人は…ボクは付き合ってるって思ってたんだけど…好きな人ならいる。ずっと好きだったんだ。たぶんボクも入部した時から。今でもずっと好きなんだ…だから、ごめん」

そうだ。ボクは初めから、グンジ先輩が好きだったんだ。

入部した時から。女の子に間違われた時から。ボクを水泳部員と認めてくれた時から。

柳井さんは、目にいっぱい涙をためていた。けれど、必死でそれを零すことなく一生懸命耐えていた。

「聞いてもらって良かったです。ありがとうございました！」

最後まで柳井さんはボクから目を反らすことなく、深々と頭を下げて走って行った。校舎の陰から一緒についてきていた友達が現れ、背中をさすりながら肩を抱いて戻って行く。

昼休み終了のチャイムが鳴った。

「モテキじゃん、グレコ」

電話の向こうで、何かをボリボリ言わせながらあっちゃんが言う。たぶんおせんべいか何かを食べているんだろう。

その夜ボクはあっちゃんに電話をした。もちろん、コクられたなんて自慢ではなく、ボク自身のモヤモヤを聞いてもらいたくて、だが。

「なんでそうなるのさ」

「知らないの？　いつも一緒に帰っている一年の子、かわいいって三年の間でも人気の。グレコと彼女と付き合ってるって思ってる女子なんて、みんなガッカリしてるんだから」そう言って派手にゲップする。炭酸、飲んだな。

「あかねちゃん？　確かにかわいいもんね。けど、あかねちゃんはそんなんじゃないよ。小さい頃から知ってるし…あっちゃんも覚えてない？　保育園で年長の時、何度か一緒に遊んだじゃない」あっちゃんはしばらく考えていたけど思い出せないらしく「グレコ、恨まれてるよ～、『あかねちゃん親衛隊』に」と笑った。

「それに、最近『グレコ人気』が急上昇だよ」

「なにそれ」

「背も伸びたし、もう女の子と間違われないし、いつもこまった顔が『守ってあげたい！』って、女子の母性本能をくすぐるんじゃない？」

「なんだよ、それ」ムッとしてボクは本題に入る。

「だからさ、柳井さんに告白されて、気まずいっていうかさ…明日からの部活でボクも気まずいけど柳井さんも部活に出づらいんじゃないかなって」

あっちゃんはサクサクと音を立てながら考えている。今度はクッキーかな。

「柳井さんは引きずってないと思うよ。むしろ、自分の気持ちを精一杯伝えられてよかったと思ってるんじゃない？　グレコもちゃんと自分の気持ちを言ったんでしょ？　それは柳井さんに伝わってると思うし。案外、柳井さんはスッキリした顔で部活に出てくると思うよ」

こう見えて、あっちゃんはいつも的を射た意見を言ってくれる頼もしい奴だ。

そしてボクも、いつもあっちゃんの助言に勇気づけられている。

あっちゃんの言った通り、柳井さんはいつも通りに部活に来た。若干目が腫れていたけど、それはボクしか気づかないくらいのものだった。

強いなあ、柳井さん。

ボクは告白する前からウジウジと考えてしまって、結局、こんな中途半端な状態になってしまっている。自業自得だ。

いつもの帰り道、あかねちゃんと二人になったところで「柳井ちゃん、小暮先輩の気持ちがはっきり聞けて良かったって言ってましたよ」

そうなんだ、良かった、あっちゃんの言ってた通りだ。あんな風に、グンジ先輩にもハッキリ言えるといいんだけど…。

「小暮先輩も好きな人に好きって言えばいいのに」

あかねちゃんが見透かしたように言う。ボクはドギマギして「二人の時はにぃにでいいよ。敬語でなくてもいいし」と言った。

「でも小暮先輩、人気あるから、節度を持って接してないと恨まれちゃいます。こうして帰っているだけでも妬まれてるし」

「えー、それを言うならボクの方だよ。あかねちゃん、三年にも人気で、ボク、恨まれてるみたいだし」

二人で顔を見合わせてクスクス笑った。

「私、同じ病院に入院していた男の子のこと、好きなんです。退院してからは検査日くらいしか会えないですけど」

「そっかあ、会えないのは寂しいよね」

あかねちゃんの家に着いたので「じゃ、また明日」と、別れた。ボクの家は、数軒先だ。

あかねちゃんが門を閉めるのを確認して、くるっと振り向くと、グンジ先輩がいた。

あ、グンジ先輩！

思いもかけない出会いに、驚きと、嬉しさと、戸惑いで軽くパニックになった。

「グンジ先輩、どうしたんですか？」

小走りでグンジ先輩に駆け寄る。

グンジ先輩は、ボクではなく、あかねちゃんが消えた門扉を見つめていた。

「最近、あんまり連絡ないし、どうしてるかなと思って。近くに来たついでに寄ってみた」

「なんか、すみません、なかなか連絡しなくて」

「いいよ。グレコもいろいろ忙しいみたいだし…別に私に連絡する義務はないんだし」

え、どうしてそんな言い方…。

何も言えずに黙っていると、グンジ先輩が焦れたように言った。

「付き合ってる子がいるんならいるでハッキリ言ってくれればいいのに！　私、バカみたいじゃない。最後にグレコに言っとく。誰にでも優しいのは罪だよ。それは優柔不断って言うんだよ！」

なに？　なに？　なんでそんなこと言うの？

呆然と立ちすくむボクを置いて、グンジ先輩は走り去った。


やってしまった。

また、同じことをやってしまった。

以前、あっちゃんに言われたこと。

優しいのではなく、優柔不断だ、と。

ボクがハッキリ言わないせいで、いろんな人を傷つけている。

ボクは、ボクの保身のせいで、誰にでもいい顔をしたくて、誰からも恨まれたくなくて、結局は自分で自分の首を絞めている。そして周りを傷つけている。

どうしよう、どうしたらいい？

ハッキリ言えばいいんだとはわかっている。

グンジ先輩が好きです、と。

でも、グンジ先輩は藤堂先輩と付き合っているのかもしれないし。今さら言えば、グンジ先輩は困ってしまうだろう。

ボクは、史上最悪の憂鬱の沼に沈み込んだ。


悶々と授業を受け、悶々と泳ぎ、悶々と日々を過ごすうち、ボクはどんどん生気が抜け、顔色が悪くなり、こまり顔に拍車がかかった。

七月に入った日曜日、悶々と部屋で寝そべっているとトーテムが来た。

「よ、おじゃま」と部屋に上がってくる。手にはお母さんに渡されたんだろう、麦茶の入ったコップ。

「駅前のモールでも誘おうかと思ったけど、暑いしさ」ごくごくと麦茶を飲んだきり、ソワソワと黙り込む。

しばらく二人でマンガを読んでいると、あっちゃんが彼女のトモちゃんとやって来た。

ボクんちに来る途中、トモちゃんに会ったので、どうせならと二人で来たそうだ。

なんで？　二人でデートにでも行けばいいじゃん。

「二人でってのも飽きちゃってさ」なんて熟年夫婦みたいなことを言う。

わかってる。トーテムもあっちゃんも、ボクを心配して来てくれたんだってこと。

下からお母さんの嬉しそうな声が響いてきた。

「剛〜、あかねちゃんよー。まあまあ、久しぶりねえ、すっかり元気になって」と、後半はあかねちゃんに向かってしゃべっている。

放っておいたらあかねちゃんを解放してくれないだろうと「上がってもらってー」と下に向かって叫ぶ。

部屋に入ってきたあかねちゃんは、人の多さに一瞬ビックリしていたが、お母さんが持たせてくれたお茶のペットボトルとお菓子が載ったお盆をボクに渡して、空いているところに座った。

「小暮先輩、最近元気ないみたいですけど、大丈夫ですか？」

トーテムたちが言い出せずにいたことを、あかねちゃんは座って五秒で訊いてきた。

妹分のあかねちゃんにまで心配させていたのか。

「ごめんね、心配してもらって」

ボクは、今までのこと、藤堂先輩といっしょにいるのを見かけたこと、この間のグンジ先輩の言ったこと、ボクの気持ちを一気に話した。ほんとうは、誰かに気持ちを聞いてもらいたかったんだ。気持ちを吐き出したかった。

今まで悶々としていたことも、たぶん、最初の失敗は、ハッキリ自分の気持ちを伝えなかったんだということも。

「もう、どうしていいのかわかんないよ」

気持ちを全部吐き出したら、しぼんだ風船のように思考回路も失って、何も考えられなくなった。

「グレコもわかってるんじゃない。まずはグンジ先輩に好きだと伝えなよ」

「でも、グンジ先輩は藤堂先輩と付き合ってるのかもしれないし。だったら今さら言われてもグンジ先輩、困るんじゃないの？」

「かも、でしょ？　付き合ってるって決まったわけじゃないだろ」

「お土産受け取ってもらえただけで付き合ってるって思われてたとしたら、グンジ先輩、ヒクよ？　ストーカーじゃん」

「うーん」

「でも、ハッキリ言った方がいいよ。女の子はハッキリ言ってくれると、嬉しい」トモちゃんが言う。

あっちゃんが嬉しそうに彼女を見る。いや、今はそんなのいらないから。

「私もそう思います。付き合ってる人がいるとか、好きな人がいるとか、そういうこと考えて人を好きになるんじゃないと思います。好きな人がいたとしても、自分の想いは伝えたいです」

柳井さんが浮かんだ。

まっすぐに気持ちを伝えてくれた。ボクには好きな人がいたけど、柳井さんの気持ちは嬉しかった。柳井さんも、ボクには付き合ってる人がいるとわかってて、それでも告白してくれた。

そうだ、嬉しかったんだ。ボクを好きだと言ってくれたことが。その気持ちに応えられなくても、柳井さんの気持ちが嬉しかった。

「それと…グンジ先輩は誤解してると思います。私のこと」

「あ、私もそれ、感じた。グレコ君とあかねちゃんを見て、付き合ってると思ったんじゃない？」

「あー、そうかも。…あ、なら、グレコにも同じことが言えるよ。グレコは藤堂先輩と一緒にいるだけで付き合ってるって思い込んでるだけかも」

「それ！　言えてる！　グンジ先輩も今頃悶々としてるよ」

「もうこれはグレコから言うしかないね」

言っちゃえ、言っちゃえ、とコールされ、ボクも勇気を振り絞った。

その場でグンジ先輩に電話をかける。

グンジ先輩のテンションはこの上なく低く、最初は渋っていたが、次の日曜日にいつもの公園で会ってくれることになった。

グンジ先輩との約束を取り付けたボクに、みんなはよくやった、よくやったと優勝力士のようにペシペシと肩や背中を叩いてくれたが、ボクはすでに次の日曜日のことを考え、魂が抜けたようにヘロンヘロンになっていた。


その時からの一週間の、なんて長くて短いことだったか。ボクにはほとんど記憶がない。

次の日曜日、ボクはドキドキして三〇分も早く公園にいた。

グンジ先輩は一〇分前に公園に来て、ボクがすでに来ているとみて、ちょっと驚いた顔をした。

「ごめんなさい！」

いきなりグンジ先輩は九〇度に折れ曲がって頭を下げた。

「え？　な、なんですか？」

「あかねちゃんって子に聞いたの。小さい時から妹のようにかわいがってもらってて、家も近所だから必然的に一緒に帰ってるだけだって」

「あかねちゃんが？　っていうか、グンジ先輩、なんであかねちゃんを知ってるんですか？」

ボクの頭の中は？マークでいっぱいだ。

「あかねちゃん、私に誤解させたんじゃないかって、高校の正門前で待ってたの。いつ下校するかわかんないのに…いい子だよね。私も妹みたいに思えて、いろいろ話し込んじゃった」

「そうなんですか。あかねちゃんが」そんな素振りは全然見せなかったのに。

「あかねちゃん、それ以上は何か言ってました？」あかねちゃんはでしゃばる子ではないと思うが、ボクの気持ちを先に言っちゃったかもしれない。グンジ先輩への気持ちは、やっぱりボクが、ボク自身の口から言いたい。

「ううん。誤解させてごめんなさいって。あ、好きな人がいるって相談されたかな」

「好きな人？　ああ、入院していた時の？」

「そうそう、遠距離恋愛の心の持ちよう、みたいなことを相談された」

「遠距離恋愛？　なんでグンジ先輩に？」

「それはまあ、私も遠距離恋愛みたいなもんじゃない」と、ボクをチロッと見た。

言え！　今だ、言え！　勇気を振り絞れ、ボク！

「グンジ先輩！　あ、あの…」

「な、なによ」急に大声を出したボクに、グンジ先輩は三歩後ずさりした。

「あの、あの、あの！」

「だから、なによ」

言え！　ボク！

「好きです！　付き合ってください！」

言った。言えたー…とうとう言えた。

思えば、三年越しの告白だ。

なりふり構わず、玉砕覚悟でようやく今、自分の気持ちを言えたんだ。

「え…なに？　今さら？」

そう、そうだよな。そうなるよ。

「すみません。今さら言われたってグンジ先輩、困りますよね。藤堂先輩と付き合ってるんですよね」

「え、なんで今、藤堂先輩の名前が出てくるわけ？」

今度はグンジ先輩の頭に？マークが浮かんでいるようだ。

楽しそうにフードコートに入って行く二人を見かけた、と言った。中学の時、藤堂先輩に告白されているグンジ先輩を見かけたことも言った。

「なにそれ。怒るよ！」

フードコートには他にも先輩たちがいたこと。偶然、藤堂先輩にバッタリ会って、グンジもどう？　って誘われただけだってこと。ましてや、藤堂先輩に告白された時、その場で断っていること。

「だって私、最初からグレコのこと、好きだったんだもん」

えー！！！　脳みそが爆発した。

「だから卒業式の日、お土産くれて嬉しかったんだもん。公園でおしゃべりして、映画観に行って、電話でも…学校は違うけど、年も一個上だけど、私、もう付き合ってるって思ってた。なのに、今頃好きだって。付き合ってって…じゃ、この何か月間、私はずっと独りよがりの思い込み野郎だったの？」グンジ先輩は鼻を真っ赤にして、今にも涙が零れそうになっている。

「ご、ごめんなさい！」今度はボクが九〇度に折れ曲がった。

またただ。またボクの優柔不断で傷つけてしまった。

「ハッキリと気持ちを言ってないから、先輩の気持ちがわからなくて不安だったんです。ボクの方こそ、独りよがりの思い込み野郎なんじゃないかって。付き合ってると思ってるのは自分だけなんじゃないかって」

違う。

ほんとうにボクが言いたかったこと。

「ボクは、ボクも、先輩がずっと好きだったんです！　たぶん、一年の時から。先輩がボクの横泳ぎを笑わなかった時から、好きです！」

もう優柔不断はごめんだ。

自分の意見をハッキリ言える人になろう。

それで傷ついたとしても、それは自分の糧になるはず。言わない後悔はもうこれっきりにしよう。

グンジ先輩は、涙でぐしょぐしょになった顔で、満面の笑みを見せた。

「ありがと、グレコ」

これでボクの片思いは終わった！

「でも、どうして今さら？」

「グンジ先輩の気持ちを聞きたいと思って」

ふふっとグンジ先輩は照れた。


「よかったね、グレコ」トーテムは部活の前にコッソリ言いに来てくれた。

「よかったな、グレコ」あっちゃんからも夜、電話がかかってきた。「おめでとー」横から彼女の声がする。二人で通っている塾の帰りなんだそうだ。ここまで一緒にいて、勉強に身が入るのか？　とも思うけど、あの二人は二人一緒で力が発揮できるんだろう。

あかねちゃんには帰り道で報告した。そして、グンジ先輩の高校まで誤解を解きに行ってくれたことに、改めてお礼を言った。

「全然ですよ、私も遠距離恋愛の相談したかったので」ニコッと笑うあかねちゃんは、なんて大人なんだろう。

『ボクが守ってあげる小さいあかねちゃん』は、すっかりどこかへいってしまった。

そう言うとあかねちゃんは「え、昔から私が守ってたんだよ？　ジャングルジムの上でも、ブランコの順番待ちでも、いつも泣いてたよね、にぃに」めがねをキラッと光らせて笑った。

…頼りになるお兄ちゃんというのは、ボクの作り出した思い出だったみたいだ。

八月に入ると、試合に向けての本格的な練習も佳境に入る。

なかなか会えない分、グンジ先輩とはいつも電話で話している。気持ちが充実しているからか、話も弾む。でも、先輩はいつも「泳ぐのって疲れるよね。グレコもゆっくり休みなね」と、おやすみを言う。

ボクとしてはグンジ先輩の電話は別腹で、もっともっと話していたいけど、グンジ先輩の気遣いも嬉しいので「はい。おやすみなさい」と電話を切るんだ。切ったあとでも三〇分は余韻に浸っているのだけれど。

入部した時は少しひ弱だったあかねちゃんも、すっかり小麦色に日焼けして、テキパキとプールサイドの雑用をこなしてくれている。今ではすっかり下チンの片腕で、他の部員もあかねちゃんに頼り切っている。

一年女子との関係も、今ではすっかり良好のようで、毎日楽しそうだ。

『小さくて守ってあげたいあかねちゃん』は、やっぱりボクの思い過ごしだったようで、なまける部員にプールサイドからメガホンで檄を飛ばし、伸び悩む部員には過去のデータを基に練習メニューのアドバイスをしている。

あかねちゃんって、結構姉御肌なのかもしれない。

そう言えばグンジ先輩とは話が合うみたいで、連絡先も交換しているみたいだ。


夏休み、最終日曜日になった。

今年は最後の試合だからと、あっちゃんも応援に来てくれた。

「トーテム、頑張れよ！」あっちゃんの励ましにも、トーテムは気合が入り過ぎて「うん、よし！」とか「うん、うん」しか言わないので、こういう時のトーテムは「しばらく放っておこう」と二人で笑った。

トーテムは、三年生のメドレーリレーとバタフライの二〇〇、個人メドレーに出る。入学当初の目標を叶えたわけだ。

ボクは同じくメドレーリレーと背泳ぎの一〇〇と二〇〇に出る。この三年間を思うと、感無量だ。

「みんな、レモンの砂糖漬け、持ってきたよ！」

ハッと振り向くと、ここの制服を着たグンジ先輩が、ニコニコ笑って立っていた。

「せんぱーい！」「お久しぶりですぅ」みんな、わあーっと先輩に駆け寄った。

今日は吹奏楽部の練習だそうだ。

「部活の練習、午後からだから、それまで応援するね」とテントに入ってきた。

「先輩、水泳部に入らなかったんですか？」

「うーん、高校ではバタフライの練習、サボらせてくれないからね」

「先輩、何の楽器ですか？」

「クラリネット…わかる？」

グンジ先輩はみんなに囲まれて、次々と質問攻めにあっている。

ボクだって先輩と話したいのに…ひと月ぶりに会ったグンジ先輩は、高校の制服のせいもあり、とても大人っぽく見えた。髪の毛も少し伸びたようで、肩にハラリとかかっていてドギマギしてしまう。

会って話したいことがたくさんあったのに、言葉が出てこない。

「あ、先輩、携帯鳴ってます」

鞄の中から携帯を取り出し、「あ、部活の友達」と、耳にあてる。

あ、あれ…。

「もしもし、うん、今プール。今日はギリギリに部活に出るから。うん、先輩には報告してる」じゃ、と携帯を切る。

あれは…。

ボクの視線に気づいたグンジ先輩は、にっこり笑って携帯を掲げた。

携帯ケースには、黄色い花とミツバチのストラップが揺れている。

「小暮、背泳ぎ二〇〇、そろそろ用意しておけ」下チンがボクに声をかけた。

「はい」とジャージを脱ぎ、テントから出たボクを追ってきたグンジ先輩が、ボクに訊いた。

「緊張してる？」

…はい…と、二年前のボクは答えていた。

でも今日は「いいえ。グンジ先輩のタンバリンがいつも鳴っていますから」と答えた。

ふふっと笑ってボクの頭をクシャクシャッとしようとしたけど、先輩の手が届かなかったので、ボクは少しかがんだ。

「大きくなったねー」グンジ先輩は思いっきりクシャクシャクシャッとしてくれた。

久しぶりだ。

久しぶりにグンジ先輩が勇気をくれた。

先輩…。

「おかえしです」ボクは思わず先輩の頭に手を置いた。

「え？」グンジ先輩は驚いたようにボクを見上げる。

うわ！　ボクは今、なんて大胆なことをしてるんだ！

「ご、ごめんなさい！　調子に乗りました！」慌てて手を引っ込めて、真っ赤になりながらあたふたしていると、劣らず真っ赤になったグンジ先輩がクスリと笑って「いいよ、嬉しいよ」と、ボクの手を取ってまた自分の頭に置いてくれた。

うわ！　うわ！　うわーーー！

パニックになっているボクにグンジ先輩は言った。

「ところでそろそろ敬語はやめてほしいんだけど」

「はい、が、がんばります…がんばる…よ」

「おーい、いつまでいちゃついてるんだー」

「小暮先輩、そろそろ集合してほしいんですけど」

下チンとあかねちゃんが、やれやれという顔でこっちを見ている。

他の部員が一斉に笑う。

ボクは全身真っ赤になって、慌てて出場選手の集合テントに走って行った。

ふと横目で見ると、グンジ先輩もみんなに冷やかされていた。

ボクは恥ずかしさよりも嬉しさでいっぱいになった。

ピーーー！

トポンと一度水に浸かって、プハッと顔を出すと、スタート位置についた。

「頑張れー！」みんなの声援が聞こえる。

「グレコー！　グレコー！」ひときわ大きく、グンジ先輩の声が聞こえる。

チラッとテントの方を見ると、グンジ先輩が携帯を振り回し、大声で声援してくれている。

「位置について、よーい…」パーーーン！

ピストルの音と同時にボクは勢いよく弓なりに体を反らせ、スタートした。水の中から水面に浮かび上がる。

泳ぎながら見える空は真っ青で、ボクの手が弧を描き、空中を伸びるたびに指先からキラキラと水しぶきが放物線を描いて舞う。

キラキラと光る輪の中にグンジ先輩の笑顔が浮かぶ。

真っ青な空を、ボクは掴む。

グンジ先輩の笑顔も掴む。

ボクの胸の中には、グンジ先輩が鳴らすタンバリンがリズムを打ち、黄色い花々に囲まれた先輩の笑顔が胸いっぱいに広がった。

「いけー！　グレコーーー！」

了

グレコの憂鬱《ゆううつ》

2020年6月20日　第1刷発行

著　者　ツボイリエ

発行人　大杉　剛
発行所　株式会社 風詠社
〒553-0001　大阪市福島区海老江5-2-2
大拓ビル5-7階
Tel 06（6136）8657　https://fueisha.com/
発売元　株式会社 星雲社
（共同出版社・流通責任出版社）
〒112-0005　東京都文京区水道1-3-30
Tel 03（3868）3275
印刷・製本　小野高速印刷株式会社

ISBN978-4-434-27568-5 C0093

料金受取人払郵便

大阪北局
承　認

2424

差出有効期間
2021 年 12 月
1日まで
（切手不要）

郵便はがき

553-8790

018

大阪市福島区海老江5-2-2-710

㈱風詠社

愛読者カード係 行

ふりがな お名前			明治　大正 昭和　平成　　年生　　歳		
ふりがな ご住所	□□□-□□□□			性別 男・女	
お電話 番　号		ご職業			
E-mail					
書　名					
お買上 書　店	都道　府県　市区　郡	書店名	書店		
		ご購入日	年　月　日		

本書をお買い求めになった動機は？
1. 書店店頭で見て　2. インターネット書店で見て
3. 知人にすすめられて　4. ホームページを見て
5. 広告、記事（新聞、雑誌、ポスター等）を見て（新聞、雑誌名　　　　）

風詠社の本をお買い求めいただき誠にありがとうございます。
この愛読者カードは小社出版の企画等に役立たせていただきます。

本書についてのご意見、ご感想をお聞かせください。 ①内容について
②カバー、タイトル、帯について
弊社、及び弊社刊行物に対するご意見、ご感想をお聞かせください。
最近読んでおもしろかった本やこれから読んでみたい本をお教えください。

ご購読雑誌（複数可）	ご購読新聞 新聞

ご協力ありがとうございました。

※お客様の個人情報は、小社からの連絡のみに使用します。社外に提供することは一切ありません。